Nina Rauprich

Köln - Leipzig und zurück

Nina Rauprich wurde 1938 in Bielefeld geboren und absolvierte nach ihrer Schulzeit eine Ausbildung als landwirtschaftlich-technische Assistentin in Göttingen, ging dann nach Berlin an das Max-Reinhard-Seminar und wurde Schauspielerin. Nach ihrer Heirat und der Geburt von drei Kindern begann sie zu schreiben. Heute lebt Nina Rauprich als freie Schriftstellerin in der Nähe von Köln.

Ihre Kinder- und Jugendbücher wurden mehrfach ausgezeichnet und in verschiedene Sprachen übersetzt.

Nina Rauprich

Köln – Leipzig und zurück

Ellermann

Einband von Anna de Riese
Gesamtherstellung: Clausen & Bosse, Leck
Printed in Germany 2000*

ISBN 3-7707-3099-2

13. August

Liebe Tina-Katharina!

Welch ein komischer Zufall, dass wir beide denselben Namen haben! Du hast zu mir gesagt: „Eigentlich heiße ich Katharina, aber nenne mich bitte Tina." Und ich habe gesagt: „Eigentlich heiße ich auch Katharina, aber sag einfach Kati." Da mussten wir beide lachen und haben etwas später unsere Adressen ausgetauscht, weil wir uns gleich prima verstanden haben.

Das war auch gut so, denn nach dem Krawall in der Nacht haben wir uns leider nicht mehr gesehen. Und ich wollte dir noch so viel erzählen! Als ich mich gegen zehn endlich von meiner Jugendgruppe absetzen konnte, war da nur noch platt gedrücktes Gras, wo euer großes Wohnmobil gestanden hatte. Ich wollte es erst gar nicht glauben, weil wir uns doch verabredet hatten und noch so viel zusammen machen wollten.

Im Frauenduschraum haben sie darüber gelästert, dass die Wessis abgehauen sind wie die Hasen. Einige haben gelacht und gesagt, dass ihr Feiglinge seid. Die Dicke aus Neuruppin, du weißt schon, die so geschnattert hat wie die Enten unten am See, die hat behauptet, ‚Glatzen' hätten den Campingplatz überfallen. Die würden Autos klauen und dann an die Polen verkaufen. Aber Bärbel, die Leiterin von meiner Jugendgruppe, meinte empört, man könne die nicht einfach als Kriminelle abstempeln. Viele von denen hätten ein hohes Ehrgefühl und davon könnte sich mancher eine Scheibe abschneiden. Naja, darüber gibt es verschiedene Meinungen.

Die Polizei, die schon in der Nacht gekommen war, ist am nächsten Mittag noch einmal auf dem Platz gewesen. Sie haben die eingeschlagenen Fenster vom Männerklo fotografiert und sind mit dem Platzwart überall rumgelaufen. Dabei ist dann aufgefallen, dass die Frau von dem Platzwart eine Vietnamesin ist. Ich habe das erst gar nicht gemerkt, weil sie nämlich sächsisch spricht. Die ist bestimmt aus Dresden. So klang das jedenfalls. Man musste schon ziemlich genau hingucken, sonst merkte man gar nicht, dass die anders aussieht. Ich finde das nicht schlimm. Die Bärbel meinte aber, es komme nicht darauf an, wie einer aussieht. Vietnamesen gehörten nun mal nach Vietnam und nicht an die Müritz.

Aber jetzt kommt's: Was meinst du, was ein paar Tage später in der Zeitung stand? Das waren keine Glatzen, die so was Politisches wollten, auch keine Einbrecher, sondern fünf Jugendliche, die zu viel Bier getrunken hatten. Die Polizei hatte sie inzwischen geschnappt.

So, das wollte ich dir rasch schreiben, weil du bestimmt wissen willst, was da los war in der Nacht. Ich hoffe, ihr seid gut wieder zu Hause angekommen. Bitte, antworte mir bald!! Ich freue mich jetzt schon auf deinen Brief.

Seit vorgestern bin ich auch wieder zu Hause. Die letzten Tage auf dem Campingplatz waren nur noch öde. Selbst die Angeber aus meiner Gruppe gingen nicht mehr baden, weil die Müritz so kalt war. Ein Lagerfeuer durften wir nicht machen. Singen fiel aus, weil alle erkältet waren oder keinen Bock hatten. Meistens bin ich schon früh in meinen Schlafsack gekrochen und habe mir die Kassette von den *Backstreet Boys* angehört, die du mir geschenkt hast. Weißt du noch, wie wir zusammen in eurem Wohnmobil gehockt haben, du einen Stöpsel im Ohr, ich einen? Und dann haben wir uns die *Spice Girls* angehört, *Sasha*, die Gruppe *Echt* und *Blümchen*. Das war super!

Schreib mir bitte bald zurück. Wie ist es in Köln? Wann fängt deine Schule wieder an? Wir haben zum Glück noch fast drei Wochen Ferien.

Herzliche Grüße von Kati

Köln, 15. August

Hey, Kati,

gestern habe ich ganz viel an dich gedacht und heute kam dein Brief. Ich hätte dir bestimmt schon geschrieben, aber der Zettel mit deiner Anschrift ist weg. In unserm Wohnmobil verschwinden dauernd Sachen und ich suche mich dumm und dämlich. Meistens ohne Erfolg. Im Herbst, wenn wir das Monster großreinemachen, kommt alles aus den Ritzen und Fächern wieder zum Vorschein. Wahrscheinlich auch deine Anschrift.

Wir sind wirklich ganz früh aufgebrochen nach dem nächtlichen Überfall. Fluchtartig! Meine Mutter ist fast ausgerastet in der Nacht, als der Lärm einsetzte. Sie hat was von Neonazis geschrien und dass es ihr reicht. Papa hat ihr den Mund zugehalten. „Willst du die mit deinem Gezeter auf uns aufmerksam machen?“, hat er in die Kissen gezischt. „Die machen Kleinholz aus unserm Wohnmobil oder stecken es in Brand.“ Wir haben uns wie in einer Falle gefühlt und darauf gewartet, dass der Spuk vorbeigeht. Danach wollte meine Mutter nur noch weg.

Sie war von Anfang an gegen Ostdeutschland, aber Papa wollte in diesen Ferien mal was anderes. Sonst fahren wir nämlich meistens mit unserm „Dicken Eduard“ nach Frankreich an den Atlantik, an die spanische Küste oder nach Holland. Holland finde ich okay. Die Franzosen sind nicht mein Fall, weil sie französisch sprechen und ich nix verstehe. Spanien mag ich auch nicht. Ist mir zu heiß. Tags-

über kriege ich Sonnenbrand und nachts fühle ich mich wie ein Hühnchen im Backofen, weil es in dem engen Wohnmobil kaum kühler wird. Und wenn man die Tür auflässt, kommen die Mücken rein.

Papa war nicht davon abzubringen, diesmal in Kultur zu machen und Herrn Goethe zu besuchen. Dazu hatte ich keine Meinung. Der olle Goethe ist nicht mein Typ. Deshalb hat Papa mir einen See versprochen – baden, tauchen, schnorcheln. Das klang schon besser. Jedenfalls nicht französisch, nicht nach Sonnenbrand und auch nicht nach endlosen Straßenkilometern. Also stand es bei uns zu Hause 2 : 1. Wir sind demokratisch in unserer Familie. (Naja, nicht immer). Jedenfalls war meine Mutter überstimmt. Mein Bruder hielt sich raus. Er wollte sowieso nicht mitkommen, sondern sich lieber einen Ferienjob suchen.

Mama konnte sich aber an die viele Kultur gar nicht gewöhnen. Die Wartburg hat sie vor lauter Menschen nicht ertragen können, von Goethe in Weimar bekam sie Kopfschmerzen und von Thüringer Kartoffelklößen wurde ihr schlecht. In Dresden blieb unser „Dicker Eduard“ in einer Einbahnstraße stecken. Bis wir ihn wieder herausgewurschtelt und endlich einen Parkplatz gefunden hatten, waren wir so gestresst, dass für Kultur keine Kraft mehr blieb. Wir sind dann an den versprochenen See gefahren, und der hieß „Die Müritz“. Aber statt Ruhe, Sonne und Erholung gab's Regen, Matsch und nächtliche Randale. Da hat es Mama gereicht. Und Papa hat es auch gereicht, weil sie ihn nervte und gar nicht mehr aufhörte damit. Erst als wir endlich wieder zu Hause waren, haben sich meine Eltern entspannt, Rotwein getrunken und die Dias von Spanien angeguckt.

Und da hat's mir gereicht. Denn ich hätte es noch lange an der Müritz ausgehalten.

Richtig schade, dass die wilden Einbrecher, nur durchgeknallte Alkis waren. Ich hätte gern in der Klasse eine Nummer abgezogen: Überfall von Skins, Panik auf dem Campingplatz und wir mitten drin . . . Meine Freundin war mit ihren Eltern letztes Jahr in Amerika. Die hat so was von Schwarzen und Polizeirazzia erzählt. War 'ne irre Story.

Aber mit fünf ausgeflippten Typen, die in ihrem Frust ein Männerklo auseinander nehmen, kannst du in meiner Klasse wenig Eindruck machen. Auch die Müritz samt neuen Bundesländern reißt bei uns keinen vom Hocker. Den ollen Goethe verschweigst du am besten ganz.

Also habe ich „Mein schönstes Ferienerlebnis" cool umschrieben. Das klang ungefähr so: „Irgendwo im Osten, an einem See in der Pampa, wo noch keiner von euch war . . ." Hat auch geklappt. Die Walli aus meiner Klasse hat die Augen verdreht: „Eh, Tina, das wäre mir zu extrem." Zum Glück wollten die andern auch was loswerden und haben nicht weiter nachgehakt.

Du hättest mal hören sollen, wie die bei uns am ersten Schultag angegeben haben mit den süßen Jungens aus Antalya und den Boyfriends aus San Franzisco, mit Bar und Shopping in Griechenland, Küssen und Surfen an den irresten Stränden der Welt. Glauben kann man nur die Hälfte, wenn überhaupt.

Ich fahre am liebsten nach Holland und schlage mir den Bauch mit leckeren „Pannekoeken" voll. Für eine Spritztour am Wochenende ist das okay, aber nicht für die großen Ferien. Nee, da musst du dir schon was Verrücktes zurechtbasteln und dick auftragen, wenn du mithalten willst.

Schreib mir bald wieder, aber vergiss, dass ich Katharina heiße! Darauf reagiere ich allergisch. In der Schule nennen mich ein paar Doofköppe Katharina die Große, weil ich mit meinen 13 Jahren ziemlich lang geraten bin. (Wie du selbst festgestellt hast.) Sag einfach Tina.

Bei der Gelegenheit muss ich dich was fragen: Bist du gern Kati? Ich habe mit dem Namen nämlich gewisse Probleme, weil ich dabei sofort an Tante Kati denken muss. Die ist so was wie ein Gewittertierchen. Immer wenn sie auftaucht liegt Spannung in der Luft. Du bist ganz anders. Mit dir hätte ich noch viele Regentage aushalten können. Eh, mir kommt da eine Idee! Ich streiche einfach das t weg. Dann wird aus Kati Kai. Hey Kai! Wie findest du das?

Gruß von TINA aus Köln an Kai aus Leipzig

Leipzig, 19. August

Hallo Tina!

Danke, dass du so schnell geantwortet hast. Ich habe mich riesig gefreut! Hing gerade ziemlich durch, wegen – naja Familie eben. Und dann dein Brief! Mir wurde gleich leichter. Der Frust flog zum Fenster raus.

Was du aber auch für Einfälle hast! Ich musste so lachen über das Gewittertierchen namens Tante Kati. Ehe ich dich daran erinnere, nenn mich lieber Kai. Kati wurde ich schon im Kindergarten genannt. Ich war immer die Jüngste in unserer Familie. Das ändert sich natürlich nie, aber die kleine Kati bin ich längst nicht mehr. Kai hat was, obwohl ich mich erst daran gewöhnen muss. Kai Runge aus Leipzig, bin ich das?

In ein paar Tagen fängt bei uns das neue Schuljahr an. Auch daran muss ich mich erst gewöhnen. Hoffentlich haben wir bis dahin neue Stühle und Tische in der Klasse. Die alten quietschen, einige sind schief, sodass man immer auf eine Seite rutscht, wenn man darauf sitzt. Bei den ganz alten muss man aufpassen, dass man sich keinen Splitter reinzieht, weil die so schartig sind. Unsere Schule ist ein Plattenbau. Sie wird nicht mehr renoviert, weil sie abgerissen werden soll. Aber das ist noch gar nicht sicher. Es hat nämlich Proteste dagegen gegeben. Einige Eltern und Lehrer wollen die Plattenbauten erhalten. Meine Mutter sagt, das ist unser DDR-Erbe. Das muss nicht alles weg. Sie ist auch in so eine Schule gegangen und dagegen ist überhaupt nichts einzuwenden. Mir ist das egal. Ich will nur einen ordentlichen Tisch und einen bequemen Stuhl haben, der nicht wackelt und knarrt.

An die DDR kann ich mich ohnehin nicht erinnern. Ich lag noch im Kinderwagen, als die Wende kam. Aber meine Eltern reden dauernd über die Zeit davor und danach. „Weeste noch, damals ...“ Sie vergleichen immer.

Alle, die noch in der DDR groß geworden sind, machen das, weil damals vieles anders war als heute. Ich rede lieber mit dir über die *Backstreet Boys* und freue mich, dass du *Nick* genauso süß findest wie ich. Sein kleiner Bruder *Aaron* singt auch schon. Bei denen zu Hause dreht sich alles um Musik. Ist das nicht irre? Und wie die durch die Welt gondeln! Die Fans jubeln ihnen zu, sind süchtig nach ihren Auftritten! Ich auch. Für ein Live-Konzert hat mein Taschengeld noch nie gereicht, aber wenn *Nick* käme, würde ich eine Bank überfallen. Einmal in seiner Nähe sein! Ich würde schreien, klatschen, tanzen, bis ich in Ohnmacht falle. Das wäre spitze!

Mein Herz rast, wenn ich nur daran denke. Aber ich muss mich losreißen, sonst überwältigt es mich. Meine Mutter hat schon zweimal gerufen. Sie drängelt. Wir wollen zusammen zu meiner Oma fahren. Die wohnt in Gnandstein. Das ist ein Dorf, nicht weit von hier, ganz gemütlich. Ich bin total gern dort. Meine Oma hat einen großen Garten und wir helfen ihr beim Ernten und Einkochen. Allein schafft sie das nicht mehr. Hast du auch eine Oma mit Garten? (Oma und Opa?)

Manchmal denke ich, in Westdeutschland ist alles anders, weil es da nie die DDR gab und das, worüber hier die Leute reden. Aber dann sage ich mir, das ist doch nur noch was für die Geschichtsbücher. Ich kenne Tina aus Köln. Die ist so wie ich. Was soll denn bei ihr anders sein?

Ich werfe den Brief noch schnell in den Kasten. Dann hast du ihn vielleicht schon morgen. Schreib mir bald wieder!

♡-lichst deine KA(T)I

Leipzig, 22. August

Hallo Tina!

Auf meinen letzten Brief hast du noch nicht geantwortet. Vielleicht hattest du keine Zeit, wegen Schule, Aufräumen, Hausaufgaben und all dem Kram. (Kriegt ihr auch immer so viel auf?) Normalerweise bin ich nicht ungeduldig, aber jetzt muss ich unbedingt mit dir Kontakt aufnehmen. Weil du nicht hier bist, schreibe ich dir von meiner Angst und Aufregung. Bei uns ist nämlich was Schreckliches passiert. Mein Vater ist abgehauen.

Ich darf nicht darüber reden. Meine Mutter hofft, dass die Nachbarn nichts merken. Sie tut immer so, als hätten wir keine Probleme. Vom Küchenfenster winkt sie in den Hof hinunter, wenn sie eine Frau bei den Mülltonnen stehen sieht. Sie lacht so laut, dass es alle in unserer Straße hören können. Aber wenn ich abends spät noch einmal leise aus dem Bett aufstehe und auf den Flur gehe, höre ich sie weinen.

Mein Bruder Bernd sagt, das ist keine Ehekrise. Es hat nichts mit uns zu tun, weder mit unserer Mutter noch mit uns Kindern. Es kommt davon, weil unser Vater schon lange keine Arbeit mehr hat. Weißt du, sein Betrieb hat ein paar Jahre nach der Wende dicht gemacht. Mein Vater hatte gleich nach der Schule dort angefangen und gedacht, das würde immer so weitergehen. Alle haben so gedacht, und als Schluss war, wollte es keiner glauben. Wochenlang hat mein Vater zusammen mit den anderen Genossen für die Erhaltung der Arbeitsplätze gestreikt. Aber dann kam doch das Aus und die Fabrik wurde endgültig geschlossen. Vor längerer Zeit hat mich mein Vater mal mitgenommen, damit ich mir das ansehe. Die riesig hohen Tore waren zu und noch mit dicken Eisenketten gesichert. „Guck dir das an,“, hat er zu mir gesagt. „Die haben Angst, dass einer reingeht und ein bisschen Ordnung macht. Unser altes Kombinat wird demnächst einfach abgerissen. Das hat uns die Wende gebracht.“

Meine Mutter tut immer so, als sei alles nur halb so schlimm. „Wir schaffen das schon“, ist ihr Lieblingssatz, den sie dauernd wiederholt. „Andere Leute sind auch arbeitslos. Wir haben wenigstens noch die Oma mit ihrem Garten. Verhungern müssen wir nicht.“

Bei jeder Gelegenheit sagt sie das. Wie eine Beschwörung. Bernd und Roland, meine beiden Brüder, stöhnen, wenn sie schon beim Frühstück damit anfängt. „Kannst du nicht mal ’ne andere Platte auflegen?“, sagt Roland dann.

In den ersten zwei Jahren nach seiner Entlassung hat mein Vater noch Kurzzeitjobs bekommen. Aber das wurde auch immer schwieriger. Er ist oft zum Arbeitsamt gelaufen und manchmal zu politischen Versammlungen. Er hat morgens schon vor dem Frühstück in die Zeitung geguckt, ob freie Stellen angeboten werden. Manchmal hat er auf ein Inserat hin irgendwo angerufen. Schließlich hat er aufgegeben. In den letzten Monaten ist er oft stundenlang durch die Stadt gelaufen, weil er das Rumsitzen zu Hause nicht mehr ausgehalten hat. Wenn meine Mutter ihn gefragt hat, wo er war, ist er wütend geworden und hat gebrüllt, er sei nicht ihr kleiner Junge, der sagen muss, wohin er geht. Auch mich hat er angebrüllt, schon bei Kleinigkeiten. Früher war er ganz anders. Und jetzt ist er weg.

Als meine Mutter und ich neulich Abend schwer beladen mit Eingemachtem von meiner Oma zurückkamen, war das Geschirr gespült und die Küche aufgeräumt. Da hat meine Mutter richtig gestrahlt und gemeint, ein arbeitsloser Mann hat auch sein Gutes. Aber dann fand sie den Zettel auf dem Wohnzimmertisch und kriegte so einen merkwürdigen Ausdruck im Gesicht. Auf dem Zettel stand, dass er die letzte Rate für den Fernseher bezahlt hat und dass er es nicht mehr bei uns aushält.

Meine Mutter brauchte nicht lange, bis sie sich wieder im Griff hatte. „Der kommt in spätestens zwei Tagen zurück und ist dann ganz klein mit Hut", war ihre Meinung. Jetzt sagt sie das nicht mehr. Er ist schon eine Woche fort. Jetzt weint sie heimlich und meint, wir merken es nicht.

Ich bin so froh, dass ich dir alles schreiben kann, Tina. In meiner Klasse halte ich lieber meinen Mund. Die meisten da wollen nur Jux und Fun. Aber das Leben ist nun mal kein Rummelplatz.

Bitte antworte mir bald. Es ist so trostlos hier.
Deine Brieffreundin Kai

Im Ethikunterricht (Vor der großen Pause)

So eine Scheiße, Kai! Das mit deinem Vater meine ich. Ich kriege Gänsehaut, wenn ich mir das vorstelle. Da läuft ein Mann von seiner Familie weg, weil er kein Geld nach Hause bringt. Denkt, er ist nutzlos. Abfallprodukt der Gesellschaft. Schrott. Was geht in so einem Menschen vor? Wo schläft er? Eh, mir kommt da ein Gedanke: Hat deine Oma ein Gartenhaus???

Bei uns ist auch dicke Luft. Genauer gesagt, es stinkt zum Himmel. Ich würde am liebsten ausziehen. Dauernd gibt es Zoff mit meinem Bruder. Ich stöpsel mir dann die Ohren zu und ziehe mir die schrille Musik von Rammstein rein. Das ist die passende Untermalung zu dem, was da abgeht.

Andreas ist nämlich mit der Schule fertig und hängt seitdem nur rum. Behauptet jedenfalls meine Mutter. Er lässt sich das nicht gefallen und schreit, es sei nicht seine Schuld, dass er erst siebzehn ist. Mit achtzehn geht er zum Bund und macht seinen Führerschein für Laster. Danach will er Brummifahrer werden. Aber meine Mutter hat sich in den Kopf gesetzt, dass er was Anständiges lernen soll. Brummifahren scheint unanständig zu sein. Mein Vater will Andreas in seinem Betrieb unterbringen. Aber mein Bruderherz sagt, er ist doch nicht schwach im Kopf und schuftet sich ab, damit er am Monatsende gerade mal die Hälfte vom Lohn aufs Konto überwiesen kriegt und der Staat die andere Hälfte einsteckt. Da wird er doch lieber gleich Politiker. Die schwimmen im Geld.

Dann rastet mein Vater aus und behauptet das ganze Gerede sei nur getarnte Faulheit. Im Leben würde einem nun mal nichts geschenkt. Früher wäre auch nicht alles von selbst gegangen. Immer krieg ich den Krach mit ab. Aber wenn ich was sage, heißt es gleich: Halt du dich da raus, das geht dich nichts an.

Familienidylle hoch drei. Kommt dir das bekannt vor?

Arbeitslosigkeit ist für deinen Vater so was wie Endstation. Für Andreas, der gerade erst mit der Schule fertig geworden ist, eher eine Herausforderung. Ich glaube, mein Bruder hat noch gar keinen Plan, was er mit seinem Leben anfangen will. Ständig hängt er bei seinen Kumpels rum, kommt nachts um drei nach Hause und pennt bis mittags. Damit nervt er meine Mutter. Und sie nervt ihn mit ihren Vorwürfen. Dann geht's los: Redeschlachten in der Familienarena! Kampfgeschrei. Manchmal wird mir schlecht davon und ich muss schnellstens in meine Disco ausweichen.

Entlassungen gibt es bei uns im Westen auch jeden Tag. Ob das mit der Wende zusammenhängt weiß ich nicht. Ich habe – ehrlich gesagt – keine Ahnung von dieser Wende. Es ist genau wie bei dir, die anderen diskutieren darüber. Ich weiß nur vom Hörensagen, dass da die Mauer war und dahinter das andere Deutschland. Manchmal ist einer über die Mauer geflohen. Das stand dann in der Zeitung, weil auf den geschossen wurde. Heute reden die Leute nicht mehr von dem einen und dem anderen Deutschland. Heute reden sie von Wessis hier und Ossis da. Die Leute reden immer.

Noch drei Minuten, dann klingelt es zur Pause. Ich hoffe, wenn dich dieser Brief ereicht, ist dein Vater wieder bei euch. Vielleicht hat er auch so was wie 'ne Disco und wollte nur mal raus aus dem ganzen Schlamassel. Das kommt schon in Ordnung, Kai. Väter gehen nicht so leicht verloren, glaube ich.

Melde dich bald. Du kannst auch anrufen, wenn du willst. Ich denke an dich,

deine Tina

Donnerstag, den 3. 9.

Danke, Tina,

dein Brief hat mir gut getan. Wir könnten prima Freundinnen sein, wenn wir in derselben Stadt wohnen würden. Die Mädchen in meiner Klasse sind nicht übel. Nur quatschen sie immer alles aus. Jede redet über jede. Du kannst niemandem was anvertrauen. Bestimmt gibt es das auch bei euch. Aber bei uns ist das wirklich schlimm. Und die Jungen sind auch nicht besser.

Mein Vater ist noch weg. Kein Anruf. Nichts. Inzwischen weiß die Nachbarschaft doch Bescheid. Die Erwachsenen müssen nämlich auch immer tratschen. Die wildesten Gerüchte sind über meinen Vater im Umlauf. Er hätte eine andere kennen gelernt und wir säßen jetzt auf den Schulden für die neuen Wohnzimmermöbel und das Auto. Es wird auch behauptet, er sei abgehauen, weil ihn einer wegen Schwarzarbeit angezeigt hätte. Alle tun ganz freundlich und mitfühlend, wenn sie uns auf der Straße oder im Hausflur treffen. Sie erzählen, was die andern über uns tratschen. Dabei spitzen sie selber die Ohren und wollen was aus uns herauskriegen, damit sie dann die neusten Neuigkeiten weiterreichen können. Richtig sensationsgeil sind einige. Schrecklich.

Meine Oma hat übrigens keine Gartenlaube. Bei ihr ist mein Vater bestimmt nicht. Das wüssten wir. Meine Mutter war erst gestern dort und hat Äpfel und Zwiebeln geholt.

Wenn wir beide mal miteinander telefonieren könnten, wäre das super. Ich hocke fast jeden Abend zu Hause. Aber meine Mutter sagt, nur um sich ein bisschen zu unterhalten, ist das Telefonieren zu teuer. Auch am Abend. Sie ist schrecklich gereizt. Das Geld reicht hinten und vorn nicht. Meine Brüder lassen sich nichts von ihr sagen. Vor allem Roland nicht. Er ist 19 und betont bei jeder Gelegenheit seine Volljährigkeit. Seit mein Vater fort ist, spielt er sich auf, als gehöre die Wohnung ihm. Bernd (16) ist ganz anders. Er sagt nicht viel, dreht sich einfach um und lässt meine Mutter gegen die Wand reden. Bei ihm weiß man nie, woran man ist. Meistens lernt er, oder er malt. Du müsstest mal seine Bilder sehen!

Früher sind meine Brüder oft zusammen in den Jugendclub gegangen. Aber jetzt geht nur noch Roland regelmäßig hin. Er versucht den Bernd mitzuschleifen, aber der will nicht.

Der Jugendclub ist das Einzige, wohin ich in meiner Freizeit auch manchmal gehe. Aber immer seltener. Es gefällt mir dort nicht mehr. Früher haben wir Tischtennis gespielt, Videos geguckt und so was. Das kann man zwar immer noch, nur die Typen, von denen sich immer mehr dort treffen, sind nicht mein Fall. Die benehmen sich, als sei das kein Jugendclub für alle, sondern ein Versammlungslokal für Glatzen. Sie pöbeln zwar keinen an, trotzdem liegt da was Gewalttätiges in der Luft. Die Fröhlichkeit ist verschwunden und ich frage mich was ich dort noch soll.

Aber auch du hast Stress im Augenblick. Was bei euch zu Hause abgeht, ist nervig. Ich kann gut verstehen, dass du es nicht aushältst und in deine Disco flüchtest. Hoffentlich kommt dein Bruder bald zur Vernunft.

Wenn mir zu Hause alles zu stinkig wird, verziehe ich mich in die öffentliche Bibliothek. Das kostet nichts, und ich hab meine Ruhe. Dort suche ich mir ein paar von den uralten Mosaik-Comics raus. Die gab es schon zu DDR-Zeiten und die gibts immer noch. Die alten gefallen mir aber besser als die neuen. Ich schmöker in den Heftchen, bis sie mich rausschmeißen, weil geschlossen wird.

Jetzt ist die Zeit überm Schreiben wieder viel zu schnell vergangen. Und ich muss noch für die Leistungskontrolle in Englisch lernen, die morgen fällig ist.
Schulstress!

Bis bald! Kai aus Leipzig

Leipzig den 4. 9.

Fortsetzung!!!

Wenn irgendwas Verrücktes bei mir los ist, dann meistens an einem Freitag! Heute ist so ein verrückter Freitag.

Tina, hör zu, ich habe die Schule geschwänzt. Gerade als ich aus dem Haus gehen wollte, kam mir jemand auf der Treppe entgegen. Zuerst habe ich nur zwei Beine gesehen und zwei große Kartons übereinander. Aber an den Schuhen habe ich ihn erkannt. Mein Vater! Ehe ich was sagen konnte, hat er geschnauft, ich solle die Wohnungstür aufschließen, sonst bricht er mit dieser Last zusammen.

Ich also die Treppe wieder hoch, die Tür ganz weit aufgestoßen und gebrüllt: „Papa kommt."

Die Kartons hat er auf dem Gasherd abgestellt, weil auf dem Küchentisch noch alles vom Frühstück stand. Meine Brüder waren schon weg, zur Schule. Meine Mutter und ich haben wie blöd dagestanden und nicht gewusst, was wir sagen sollten.

Zunächst hat sich mein Vater im Stehen den Rest Kaffee eingegossen, der noch in der Warmhaltekanne war. Dann hat er sich auf seinen Platz am Küchentisch gesetzt und so getan, als wäre nichts gewesen. Meine Mutter hat ihn angestarrt und gewartet. Ich habe gewartet. Aber er hat angefangen zu frühstücken.

Da klingelte es. Ich rannte zur Tür, weil es um diese Zeit bei uns nie klingelt. Ich weiß nicht genau was ich erwartete, irgendeine Überraschung jedenfalls. Wie im Kino. Es war aber nur Frau Maschke, die unter uns wohnt. Sie tat ganz aufgeregt und wedelte mit der Zeitung. Musste unbedingt gerade in diesem Augenblick mit den neusten Sonderangeboten herausplatzen. Sie stürmte an mir vorbei in die Küche, glotzte wie ein Karpfen auf die Pakete und tat ganz scheinheilig.

Da hättest du meine Mutter erleben sollen! „Ist gut, Frau Maschke. Nun haben Sie ja gesehen, dass mein Mann wieder da ist. Würden Sie uns jetzt wohl allein lassen?"

Du kannst dir nicht vorstellen, Tina, wie die geflitzt ist. Hat erst nach Luft geschnappt und dann auf dem Absatz kehrt, die Treppe runter gepoltert, in ihre Wohnung und die Tür zugeballert.

Aber meine Mutter hatte wenigstens die Sprache wiedergefunden. Sie setzte sich unserem stumm kauenden Vater gegenüber. „So, nun hast du lange genug geschwiegen. Jetzt sag endlich was."

„Was soll ich sagen", fing mein Vater an. „Musste einfach mal raus hier, bin doch kein Schmarotzer ..." Dann kam er auf Erwin zu sprechen, einen alten Genossen aus seinem Kombinat. Mitten in der Geschichte fiel mir siedend heiß die Schule wieder ein. Inzwischen war aber schon die Hälfte von der ersten Stunde rum.

Ich will es kurz machen. Mein Vater war also bei diesem Erwin. Der hat ihn zu einer Kameradschaft mitgenommen. Dort brauchten sie dringend einen mit nationaler Gesinnung, der Zeit hat,

Rundschreiben, Briefe und irgendwelche Aufrufe auf dem Computer zu verfassen. Mein Vater hat sich zeigen lassen, wie man auf einem PC schreibt, wie man in das Internet kommt und all das. In den großen Paketen waren nämlich ein Computer und ein Drucker. Die gehören jetzt ihm.

Die ganze Zeit, die er weg war, hat er bei Erwin gewohnt, dem vor einem dreiviertel Jahr die Frau weggelaufen ist. Nur fünf Bushaltestellen von uns entfernt! Und wir haben es nicht gewusst.

„Was verdienst du denn mit deiner nationalen Einstellung und dem Computer?", hat meine Mutter schließlich ganz nüchtern gefragt.

Mein Vater hat sich aufgerichtet. Er bekam einen ganz feierlichen Glanz um die Augen: „Nichts, Luise. Geld ist nicht alles im Leben. Ich habe zwar immer noch keinen Broterwerb, aber wenigstens wieder eine Identität."

Da hat meine Mutter nichts mehr gesagt. Ich bin nach nebenan ins Wohnzimmer gegangen und habe in einem schlauen Buch das Wort Identität nachgeschaut. Weißt du, was da stand? ‚Die als Selbst erlebte innere Einheit der Person'.

Kann mir das mal jemand erklären???

Kai – leicht genervt

Köln, 10. September

Hallo Kai, Schulschwänzerin! Bist du wieder okay?

War ganz richtig so. Auf den Englischtest hättest du dich doch nicht konzentrieren können. Ich hoffe, die Aufregung hat sich bei euch wieder gelegt.

Identität, das ist so was, wo man sich nix für kaufen kann. Ist aber ganz wichtig. Ich habe den Lehrer, der bei uns Ethik unterrichtet, danach gefragt, weil ich es auch wissen wollte. Er meinte, ohne Identität sei ein Mensch nur eine leere Hülle und wüsste gar nicht, wofür er auf der Welt ist.

Dein Papa hat die Krise, weil er arbeitslos ist. Da fragt er sich vielleicht, warum er überhaupt lebt. Aber der PC gibt ihm bestimmt Auftrieb. Computer werden heute für alles und jedes gebraucht. Ich finde es wahnsinnig toll, dass ihm jemand so ein teures Teil einfach überlässt. Bloß erklär mir doch bitte, was eine Kameradschaft ist. Hat das was mit Bundeswehr zu tun? Club alter Kämpfer oder so?

Wir haben bei uns ein Jugendzentrum, kurz Juze genannt. Neben einem Billardtisch und anderen Sachen gibt es auch ein Mädchencafé. Da können wir mit der Sozialarbeiterin über unsere Sorgen reden: Wenn du einen Freund hast und die Pille noch nicht vom Arzt verschrieben kriegst. Oder wenn deine alleinerziehende Mutter einen anschleppt, den du am liebsten auf den Mond schießen möchtest. Wenn du die Schule nicht packst und nicht weißt, wie du das deinen Eltern verklickern sollst. So was eben. Du kannst dich aber auch einfach nur an einer Cola festhalten, die Bravo *lesen und mit den anderen Mädchen Neuigkeiten austauschen.*

Mit der Walli aus meiner Klasse treffe ich mich manchmal dort. Die Walli ist übrigens aus deiner Gegend. Chemnitz glaube ich. Jedenfalls aus dem Osten. Die Eltern von der Walli sind unmittelbar vor der Wende in den Westen rüber, hat die Walli erzählt. Sie selbst war noch ganz klein und kann sich daran nicht mehr erinnern.

Wenn sie ihre Verwandten im Osten besucht, ist da manches anders als bei uns in Köln, behauptet die Walli. Sie weiß auch nicht genau warum. Ihre Cousins und Cousinen sind ganz nett, aber die kennen vieles nicht, worüber bei uns jeder redet. Und die Walli blickt manchmal auch nicht durch, wenn die sich über was unterhalten. Sie hat eine alte Tante, die sagt immer Plaste, wenn sie Plastik meint. Aus lauter Quatsch sagen wir jetzt auch Plaste, die Walli und ich.

Bei uns zu Hause ist der Streit mit Andreas etwas abgekühlt. Mein Bruder kommt fast nur noch zum Schlafen heim. Vor vierzehn Tagen hat er einen Job angenommen. Er packt Obst und Gemüse aus großen Containern in kleinere Kisten für die Läden. Manchmal arbeitet er tagsüber, manchmal nachts. Ist kein toller Job, sagt er. Aber er braucht Geld – das bisschen, was er dafür kriegt. In seinem Zimmer hat er zwei Poster von riesigen Trucks an die Wände gepinnt. Chromprotzende Giganten. Brummifahrer scheinen eine besondere Sorte Helden zu sein. Jedenfalls für Andreas.

Weißt du, ich kann meinen Bruder irgendwie verstehen, aber meine Mutter auch. Sie sieht das Chaos in seinem Zimmer, spürt, dass er mit sich selbst nicht klarkommt und rastet aus, weil er sich nicht hel-

fen lassen will. Er braucht im Augenblick die Unordnung, die schrille Musik und das Bier mit den Kumpels, aber keine gut gemeinten Ratschläge von Muttern. Da müssen beide durch. Aber wenn du Prellbock bist zwischen Mutter und Bruder, kriegst du ganz schön was ab.

Wenn du das nächste Mal schreibst, vergiss nicht, mir zu erklären, was diese Kameradschaft bedeutet und was in eurem Jugendclub so abgeht. Die Walli konnte mir das nämlich auch nicht verklickern.

Für Bücher habe ich kaum noch Zeit. Bei uns in der Nähe ist auch keine Bibliothek mehr. Die wurde geschlossen. Aus Geldmangel, heißt es. Mosaik-Comics kenne ich gar nicht. Noch nie gehört. Manchmal bringt Sabine mir ein Buch mit. (Sabine ist meine beste Freundin). Sie verschlingt Liebesromane. Ihr kann ich alles anvertrauen, meine geheimsten Gefühle und Wünsche. Sie hat meistens dieselben Ansichten wie ich und würde nie in der Klasse etwas davon ausplaudern. Seit ein paar Wochen hat sie selber ihren ersten richtigen Freund. Es ist die große Liebe, sagt Sabine. Sie erzählt nur sehr wenig, aber ich fühle, wie glücklich sie ist.

Hast du schon einen Freund? Oder träumst du nur von Nick?

Kai, halt dich tapfer. Familie kann sehr stressig sein. Du musst dich einfach ausklinken. Musik an, Kopfhörer auf die Ohren und schon bist du weit weg. So mache ich es auch.

♡-lichst Tina

Leipzig im Regen, 18. Sept.

Guten Morgen, liebe Tina,

meine Nase tropft wie eine kaputte Dachrinne. Ich hocke im Bett. Dicke Erkältung! Muss zu Hause bleiben. Es geht mir aber schon etwas besser als gestern. Nur langweilig ist es.

Meine Mutter hilft für ein paar Stunden in der Bäckerei bei uns in der Straße aus. Das macht sie manchmal, wenn dort viel zu tun ist. Sie verdient ein bisschen und bringt immer leckere Teilchen mit. Bernd und Roland sind in der Schule und mein Vater ist zu Erwin gefahren, dem Genossen von früher, der jetzt Freund heißt.

Ich komme mir ganz verlassen vor. Da schreibe ich dir eben. Unterhalte mich in Gedanken mit dir und bin nicht mehr so allein.

Mein Vater ist wie ausgewechselt. Computer, neue Identität, neue Bekannte und neue Hoffnung. Das peppt ihn richtig auf. Er kriegt öfter Besuch von einem, der im Mercedes vorfährt. Der ist wohl der Chef in dieser Kameradschaft, jedenfalls ein hohes Tier. Die beiden starren stundenlang auf den Bildschirm, entwerfen Briefe, drucken haufenweise Papier voll und belagern unser Wohnzimmer.

Ich habe nach den Kameradschaften gefragt, weil ich auch nicht genau wusste, was damit gemeint ist. Also: Da haben sich Leute mit einer deutschen Gesinnung zusammengefunden. Die wollen bessere Verhältnisse in unserm Land schaffen. Mein Vater sagt, die Politiker von den großen Parteien versprechen viel und halten wenig. Deshalb müssen Bürger mit der richtigen Einstellung für Ordnung sorgen. Sonst hört die Misswirtschaft nie auf. Sonst kriegen Arbeitswillige wie er nie eine Stellung. Mein Vater hat nichts gegen Ausländer, hat er gesagt. Das sind auch nur Menschen. Aber sie nehmen uns Arbeitsplätze weg und bringen die Probleme aus ihren Ländern mit zu uns. Dann haben wir deren Probleme noch zu unseren eigenen. Das hilft keinem.

Die Kameradschaften haben sich auch zum Ziel gesetzt, die Jugend zu erziehen, weil das heute völlig vernachlässigt wird. Was soll denn dabei herauskommen, wenn Jungen und Mädchen so schlampig rumlaufen, sich die Haare rosalilagrün färben und Drogen nehmen, hat der Mercedestyp mich gefragt und an meinem Pferdeschwanz gezogen. So was gab es vor der Wende bei uns nicht. Außerdem hatte jeder Arbeit, ein geregeltes Leben und war zufrieden. Es gab nur eine Partei damals, die sorgte dafür, dass keiner aus der Reihe tanzte. Weil das heute aber nicht mehr so läuft, gibt es jetzt die Kameradschaften. Volk braucht Führung, Grundsätze und Vorbilder, hat der Typ zu mir gesagt. Das kannst du bei uns lernen. Komm doch mal zu unseren Treffen.

Aber da kann er lange warten. Mir reicht schon das Gerede in der Klasse. Da gibt es mehrere, die für die Glatzen schwärmen. Vor allem der Atze ist so drauf. Der bringt Kassetten mit in die Schule von *Oi* und einer Band die *Macht und Ehre* heißt. Dann schmeißen sie sich ihre Meinungen gegenseitig an den Kopf.

Atze und seine Clique wollen straffe Führung. Andere sagen, sie wollen Freiheit und keinen Zwang. Was meinst du, wie bei uns in den Pausen manchmal die Fetzen fliegen.

Auch in unserm Jugendclub treffen sich immer mehr Jugendliche, die nur noch Politik im Kopf haben. Sie reden von nationaler Säuberung und von sozialer Verelendung in Teilen unseres Volkes. Es macht mich ganz depressiv, wenn ich mir das anhören muss. Mein ältester Bruder ist davon auch schon angesteckt. Er sagt, alle Arbeitslosen verelenden. Wir auch.

Früher war es in unserm Club so ähnlich wie bei euch im Juze. Wir hatten eine Sozialarbeiterin, die konnte toll Gitarre spielen und singen. Aber die ist gegangen. Danach kam ein Sozialarbeiter und seitdem ist alles anders geworden. Immer häufiger herrscht dort so eine Kampfstimmung, die ich nicht mag. Roland findet das gut und richtig. Der ist hart geworden in letzter Zeit. Das macht mir Angst, Tina …

Drei Stunden später:
Ich mochte vorhin nicht weiterschreiben und habe eine Weile geschlafen. Gerade habe ich deinen letzten Brief hervorgeholt und noch einmal gelesen.

Du fragst, ob ich einen Freund habe. Ach, weißt du, damit lasse ich mir Zeit. So einen, wie ich mir erträume, finde ich bestimmt nicht. Und wenn doch, dann bemerkt er mich wahrscheinlich gar nicht. Oder es hat sich ihn längst eine andere gekrallt. Die meisten Jungen in meiner Klasse sind laut und rempeln rum. Die aus dem Jugendclub sind mir zu herb drauf. Da ist keiner dabei, mit dem ich knutschen möchte. Ich kann mir das, ehrlich gesagt, auch gar nicht genau vorstellen. Hast du schon einen Jungen geküsst? So richtig, mit Zunge und Herzflimmern?

Bei uns reden die Mädchen in den Pausen viel von Küssen und Liebe. Neulich hat die Britta, die sitzt in der Schule neben mir, erzählt, dass ihre Schwester sich einen Knubbel in die Zunge hat piercen lassen, weil das beim Knutschen sexy ist. Britta will sich auch piercen lassen, wenn sie fest mit einem geht. „Das ist Kunst am Körper – Body Art", hat sie gesagt. „Du musst den Jungens schon was Besonderes bieten. Einfach nur so rummachen und ein bisschen Petting ist nicht mehr genug."

Mensch, Tina, haben die denn alle 'ne Macke? Die Jungens lassen sich für die Mädchen piercen und umgekehrt. Irgendwer hat damit angefangen, nun müssen das alle machen, weil es modern ist. Findest du Piercen gut?

Der Brief ist lang geworden. Aber so ist die Zeit vergangen. Nun krieche ich doch lieber wieder unter die Bettdecke und pflege meine Erkältung. Mach's gut, du da in Köln.

Nies, schnupf, krächz ... deine Kai

Köln, Ende September

Hey Kai,

ist deine Erkältung weg? Ich hoffe es für dich. Allein zu Hause ist wie Abstellgleis. Du siehst mit einem Mal den Fliegendreck an der Fensterscheibe und den Staub auf den Möbeln, du hast jede Menge Zeit und zu nichts Lust. Ich hatte im vergangenen Jahr eine mysteriöse Infektionskrankheit und musste drei Wochen zu Hause bleiben. War schrecklich.

Aber nun zu deinem letzten Brief: Ich war geschockt.

Sag mal ehrlich, hast du noch nie geknutscht? Auch nicht ein bisschen? Sitzt du nur zu Hause und wartest auf den Märchenprinzen? Na, durchs Fenster fliegt der bestimmt nicht herein. Du musst schon was dafür tun.

Geh doch mal auf 'ne Fete! Nicht in eine Bücherei und nicht in den blöden Jugendclub. Nein, irgendwohin, wo so richtig die Post abgeht.

Du müsstest in Köln wohnen, dann würde ich dich auf Partys schleifen. Was meinst du, was bei uns los ist! Die Mädchen, die gerade einen Freund haben, hängen dann natürlich den ganzen Abend an dem dran. Die anderen holen sich beim Tanzen einen, weil sie auch Spaß haben wollen.

Man muss das doch mal ausprobieren. Für den Ernstfall. Ist ein bisschen komisch, sag ich dir. Man denkt mehr an Spucke dabei als an Liebe. Aber so fängt das nun mal an. Wenn du Auto fahren willst, kannst du auch nicht gleich mit hundert Sachen lospreschen, sondern musst erst mal die Fahrschule absolvieren. Meine Freundin Sabine sagt, wenn der Richtige kommt, vergisst du Spucke und Mundgeruch. Du preschst von alleine. Kannst gar nicht mehr bremsen. Sie hat jetzt einen Freund, mit dem ist das so. Ich glaube, ich sollte mal eine Pause einlegen, weil ich nämlich immer noch an Spucke denke und nichts mehr lernen kann. Aber man kommt sich irgendwie doof vor, wenn alle miteinander rummachen und man selber wie ein Kühlschrank in der Ecke steht. In meiner Klasse ist ein Junge, der ist schüchtern und stottert, wenn er sich aufregt. Ich glaube, der hat noch nie ein Mädchen angequatscht und schon gar nicht angetatscht. Die andern nennen ihn Wolfi oder Wolfilein. Er heißt Wolfgang. Neulich schrie Jasmin (die tut immer ganz wild und erzählt von ihren Pettingerfahrungen) quer durch die Klasse: „Bist du schwul, Wolfilein, oder hast du Komplexe?"

Da knutsche ich doch lieber, als dass sie mir auch so was nachschreit.

Vor dem Einschlafen kommen mir manchmal ganz süße Träume. Dann tauche ich so richtig ab. Das ist wie Erholung und Aufregung zugleich. Die Schule ist harte Wirklichkeit, da muss ich mich wehren, mich durchsetzen und mithalten. Wenn du nämlich erst mal so etwas wie ein Wolfilein für die andern geworden bist, kommst du davon nur schwer wieder weg. Träumen, das ist wie Disco auf Wolke 7. Da schaut dir keiner zu. Party und Knutschen machst du nicht nur für dich. Die anderen sollen es auch mitkriegen. Beim Piercen ist das, glaube ich, auch so. Bei uns in der Schule laufen viele so angestochen rum. Das ist zur Zeit aber noch nicht mein Thema.

Doch nun zu meinem zweiten Schock: Dein Vater. Was bei euch abgeht, ist ja wohl heavy. Das mit der Kameradschaft, meine ich. Sag mal, ist dein Vater ein Radikaler oder was?

Meine Eltern regen sich auch ständig über die Politik auf, über die alte Regierung und die neue. Sie vergleichen immer. Das muss so ähnlich sein wie bei euch vor der Wende, nach der Wende. Aber die Vorstellung, mein Vater würde mit Springerstiefeln und erhobener Hand irgendwo mitmarschieren – nee, das kann ich mir nicht mal als Kino vorstellen.

In Köln gibt es haufenweise Skins, Faschos, Neonazis. Um die mache ich einen großen Bogen. Mein Vater sagt: „Einmal Hitler reicht. Den müssen die Deutschen nun wirklich nicht wieder aufleben lassen.“ Manchmal quatscht auch mein Bruder was von Türken klatschen und Punks plattmachen. Das ist aber nur, weil andere auch so reden. Und weil er eben jetzt schräg drauf ist. Andreas war lange mit einem türkischen Jungen befreundet. Mein Vater sagt: „Andreas ist in einem schwierigen Alter. Das macht jeder durch und hinterher ist es gut.“ Er glaubt, bei der Bundeswehr werden sie Andreas die Flausen schon austreiben.

Ich hab der Walli erzählt, was du mir von deinem Vater und deinem älteren Bruder geschrieben hast, weil sie doch öfters zu ihren Verwandten nach Chemnitz fährt und sich bei euch auskennt. Sie sagt, das sind die Folgen der kommunistischen Diktatur. So was geht an keinem spurlos vorbei.

Als wir mit unserm Wohnmobil in Dresden und Weimar waren, habe ich nichts von diesen Folgen gemerkt. Die Leute waren nicht anders gekleidet als bei uns. Auf der Straße fuhren jede Menge Autos, *die Läden waren voll mit Sachen aller* Art. Echt, *ich habe nicht begriffen, warum man von* Ossis *und* Wessis *spricht. Die Friesen sind schließlich auch anders als die Bayern. Aber kein* Mensch *spricht von* Nordis *und Südis. – Irgendwas muss mir da wohl entgangen sein. Klär mich doch mal auf.*

Wenn ich dich nicht kennen gelernt hätte, würden mich die Folgen der kommunistischen Diktatur gar nicht interessieren. Ich will Spaß haben, Musik *hören, in meine Kuschelträume abtauchen und mit meiner besten Freundin zusammen sein.*

Natürlich denke ich auch an später. Das tut wohl jeder in unserm Alter. *Aber ich lasse mich nicht verrückt machen von dem politischen* Geschrei. *Ich will fröhlich sein, so lange und so oft ich kann.*

Wir haben bei uns in der Nähe eine neue Disco. *Die ist super. Da kannst du schon mit 13 hin. Keiner will deinen Ausweis sehen.* Aber *um* 22 Uhr *musst du draußen sein. Länger darf ich ohnehin nicht weg.*

Gestern habe ich mir ein Paar Plateau-Schuhe gekauft. Nicht so sehr hoch, nur sechs Zentimeter. Trotzdem ein super geiles Gefühl, wenn du mit einem Mal größer bist. Ich kam mir plötzlich wie 18 vor. Damit gehe ich gleich ins Tattoo, *so heißt die neue* Disco. *Der Besitzer hat das Allerneuste von Hip Hop, Rap und Techno. Da kann man sich auch Aufklebe-Tattoos kaufen mit Porträts von* Paddy, Michael Jackson, Nick, den Spice Girls *und anderen. Ich frage mal, ob das herzförmige von* Nick *noch zu haben ist. Das schicke ich dir im nächsten Brief dann mit. Du kannst es dir auf den Busen tätowieren oder wohin du willst.*

Mensch Kai, lass dich nicht unterkriegen von deiner Tropfnase und all dem Scheiß bei euch. Vergiss es, wenn du kannst. Mach es wie ich, tauch einfach ab.

♡ ♡ ♡ Tina

Leipzig, 1. Oktober

Hallo Tina,

als ich gestern deinen Brief gelesen hatte, war ich ziemlich sauer auf dich. Ich bin es immer noch. Was fällt dir ein, so etwas über meinen Vater zu schreiben! Das ist gemein. Glaubst du vielleicht, der prügelt sich auf der Straße rum? Habe ich was von Springerstiefeln und Hitlergruß geschrieben? Du scheinst zu lange auf deiner Wolke 7 gehockt zu haben. Und was deine reizende Freundin Walli angeht, die soll sich da raushalten. Nur weil sie in Chemnitz geboren wurde, hat sie noch lange keine Ahnung, wie es bei uns ist. Leute, die gleich mit der Wende in den Westen abgedampft sind, haben kein Recht über uns ein Urteil abzugeben. Von wegen „Folgen der kommunistischen Diktatur" … Die weiß gar nicht, wovon sie redet. Bestell ihr das!

Du kannst von den Kameradschaften denken, was du willst. Ich sehe nur, dass sich mein Vater besser fühlt. Darüber bin ich froh. Kannst du dir vorstellen, wie bedrückend das ist, wenn keiner in einer fünfköpfigen Familie richtig verdient? Da braucht man irgendeinen Ausgleich, damit man nicht verrückt wird. Uns ging es nicht immer so dreckig wie jetzt und Schuld an unserer Lage sind wir auch nicht. Meine Mutter hat vor der Wende bei den Buntgarnwerken gut verdient. Das war eine Textilfabrik, die viele Waren in den Westen verkauft hat. Trotzdem wurde der Betrieb stillgelegt. Meine Mutter hat dann eine Umschulung als Floristin gemacht. Als sie damit fertig war, gab es jede Menge

Floristinnen, aber keine Blumenläden, die welche einstellen wollten. Deshalb hat sie noch eine Umschulung gemacht, im Hotelgewerbe. Als sie damit fertig war, gab es in Leipzig gerade jede Menge neue Großhotels, alles Unternehmen aus dem Westen. Die haben ihre Angestellten gleich mitgebracht. Dafür sind die Hotels, die schon immer da waren, eingegangen. Für meine Mutter gab es wieder keine Arbeit.

Ich lasse mich nicht unterkriegen von dem Scheiß bei uns, wie du das nennst. So beschissen ist mein Leben nämlich nun auch wieder nicht. Auch bei uns gibt es Fun und Freundschaften, Discos und Plateau-Schuhe. Wir feiern auch Partys. Wann ich mit dem Küssen anfange, ist meine Sache. Wie ein Kühlschrank komme ich mir jedenfalls nicht vor.

Mit dem Zusammenhalt scheint es in deiner Klasse nicht weit her zu sein. Wenn ihr einen Jungen habt, der schüchtern ist und stottert, dann könnt ihr andern doch auf ihn zugehen und ihn einladen auf eine von euren vielen Partys. Findest du nicht?

Ich will nicht so tun, als ob in meiner Klasse immer alle zusammenhalten würden. Bei uns wird viel hinterm Rücken geredet. Gemeinheiten gibt es auch und Cliquen, die sich von den anderen absondern. Wir haben eine tolle Klassenlehrerin. Wenn irgendwas vorgefallen ist, dann nimmt sie sich Zeit, mit uns darüber zu reden. Einem Mädchen ging es im vergangenen Jahr ziemlich dreckig. Ihr Vater hatte Arbeit im Westen gefunden. Die wollten umziehen, aber dann tauchte da plötzlich eine Wessi-Frau auf. Die Eltern haben sich scheiden lassen. Die Mutter von Vera, so heißt das Mädchen, war lange krank. Die Nachbarn haben sich darum gekümmert, dass der Haushalt weiterging und immer was zu essen da war. Meine Klassenlehrerin hat Vera geholfen, weil sie ziemlich in ihren Leistungen abgesackt war.

Ich will uns nicht besser machen, als wir sind, aber was du über uns geschrieben hast, lasse ich nicht auf mir sitzen. Mein Vater hat sich wirklich sehr um Arbeit bemüht. Mal hat es geklappt, mal nicht. Es ist schwierig in seinem Alter noch eine feste Anstellung zu bekommen. Er wäre bestimmt nicht in dieser Kameradschaft, wenn er nicht so mutlos wäre. Meine Mutter sieht das auch so.

Vielleicht bist du jetzt eingeschnappt. Dann kann ich es nicht ändern. Ich war noch nie im Westen. Deshalb weiß ich nicht, ob die Menschen da anders sind als bei uns. Aber schlechter, dümmer oder DDR-geschädigt, wie die blöde Walli meint, sind wir jedenfalls nicht.

Das war's, was ich dir sagen wollte.
Kai aus Leipzig

!AUA! !AUA! !Aua! !AUA! !AUA! !AUA! !AUA!

Sorry, Kai,

da habe ich wohl Wessi-Blödsinn verzapft. War nicht so gemeint. Echt nicht!

Herzchen mit Bild von Nick Carter *soll mehr sagen als Worte.*

Tina, ganz zerknirscht ☹

Köln, 6. Oktober, nach 22 Uhr

Hey Kai,

jetzt bin ich aber doch froh, dass ich bei dir angerufen habe. Mulmig war mir schon, weil ich nicht wusste, ob du mir ratz-fatz was um die Ohren knallst und dann auflegst. Aber du hast nicht aufgelegt. So konnten wir die Missverständnisse wegputzen. Langsam fange ich an zu begreifen, dass deine Familie und all die andern bei euch eine große Umstellung durchgemacht haben. Wenn man das nicht selbst miterlebt hat, sollte man darüber besser nicht urteilen. Das sage ich morgen auch der Walli. Darauf kannst du dich verlassen.

Die Sache mit Walli muss ich dir noch erklären. Das habe ich am Telefon vergessen. Weißt du, die hat sich richtig aufgedrängt. Sie will gern meine Freundin sein. Meine Freundin ist aber die Sabine. Wir sind schon seit der Grundschule unzertrennlich. Sabine ist so was wie ein Zwilling von mir. Seit den großen Ferien geht die Sabine nun mit einem vom Gymnasium. Der ist schon 16. Es ist die große Liebe bei beiden. Sie haben sich im Freibad kennen gelernt und es hat sofort gefunkt. In der Klasse haben alle mitgekriegt, was los ist. Die Walli hat gleich geschnallt, dass die Sabine nicht mehr so viel mit mir in der Freizeit unternimmt. Da fing sie dann an: „Kommst du mit in die Disco? Ich gebe eine Cola aus. Willst du mal meine CD-Sammlung sehen? Ich kann dir was auf Kassette überspielen. Lass uns zusammen ins Kino gehen . . ." Dauernd war sie hinter mir her. Als ich so nebenbei erzählt habe, dass ich eine Brieffreundin in Leipzig habe, hat sie sich gleich als Ossi-Expertin aufgespielt. Sie wollte mir einreden, dass in Leipzig die Menschen anders sind als in Köln. Sie hat gesagt, im Osten gibt es jede Menge Nazigruppen und Radikale. Sie weiß das aus dem Fernsehen und von ihren Verwandten.

Aber solche Gruppen gibt es genauso in Westdeutschland und in vielen anderen Ländern. Wir haben erst vor ein paar Tagen in der Schule darüber geredet. Ich will das Thema jetzt nicht noch mal aufwärmen. Es hat nichts mit unserer Freundschaft zu tun. Die Walli soll gefälligst ihre Meinung für sich behalten. Das sage ich ihr auch.

Gestern war Sabine seit längerem wieder einen Abend bei mir. Sie hat von sich und ihrem Holger erzählt. In der Schule, wenn alle mithören, sagt sie nicht viel. Aber wir zwei haben noch nie Geheimnisse voreinander gehabt. Mir ist beim Zuhören ganz heiß und kalt geworden. Sabine sagte, was Liebe ist, kann man nicht erklären, das packt dich wie ein Hurrikan. Du kannst nichts dagegen tun. Sie meinte, das Knutschen auf den Partys könne man überhaupt nicht mit echten Gefühlen vergleichen.

Ich denke gerade darüber nach, dass du es vielleicht doof findest, was ich dir über Sabine schreibe, über Walli, meinen Bruder und die anderen hier. Du kennst die Leute nicht. Aber mir spukt da was im Kopf herum. Bald ist Weihnachten. Bekanntlich gibt's dann auch Weihnachtsferien. Besuch mich doch. Ich frage meine Mutter, ob sie erlaubt, dass du kommst. Platz zum Schlafen ist genug in meinem Zimmer. Du, Kai, das wäre super! Mir fällt schon jetzt ganz viel ein, was wir zusammen unternehmen könnten! Dann lernst du auch die blöde Walli kennen, Sabine und ihren Freund ... Du siehst wie die Leute im Westen leben, hörst wie sie reden und den-

ken. Doofe gibt's überall, aber nette auch. Das ganze Ossi-Wessi-Gequatsche ödet mich an.

Bitte, sei mir nicht mehr böse und schreib bald wieder.

Deine Tina

Samstag, 12. Oktober

Hallo Tina, heute nur eine Karte! Auf deinen Brief gehe ich später ein. Bin froh, dass wir uns wieder verstehen. Roland nimmt mich gleich auf eine Fete mit. Vielleicht wird's lustig! Er meint, es macht nichts, dass ich erst 13 bin. Mein großer Bruder tut sonst immer so, als sei ich noch ein Baby. Und jetzt das?! Bin sehr gespannt und sogar ein bisschen aufgeregt. Ich schreibe dir, wie's war. – Kai

Sonntag, 13. Oktober

Ach Tina, wäre ich bloß nicht auf meinen Bruder hereingefallen! Weißt du, was das gestern war? Eine Versammlung von Glatzen. Erst dröhnten ein paar markige Ansprachen aus den Lautsprecherboxen. Dann kamen 5 Jungens aus Riesa und haben live gespielt. Nur Hass- und Hetzlieder. Verstehen konnte man allerdings nicht viel. Die Bässe waren viel zu laut eingestellt. In der Pause quatschte mich so ein Lederjackentyp mit „Heil Hitler" an. „Spinner", habe ich geantwortet. Er hat gelacht und gesagt: „Dich erziehen wir auch noch."

Da ist mir fast schlecht geworden.

„Das soll eine Fete sein?", habe ich Roland auf dem Heimweg angeschrien. „Mach, was du willst, aber versuche nicht mich in so was Politisches hineinzuziehen!"

Roland hat gesagt, man kann nicht einfach die Augen zumachen vor den Problemen im Staat und sich heraushalten, weil es heute keine Partei mehr gibt, die alles regelt. Heute muss jeder seine Angelegenheiten selber regeln, sonst fällt er hinten runter. So ist das nämlich mit der Freiheit. Er wird dafür sorgen, dass er nicht hinten runterfällt. Wenn ich nicht kapiere, wie das läuft in einer Demokratie, dann werde ich mich noch sehr wundern.

„Okay“, habe ich ihm geantwortet: „Dann wundere ich mich eben. Aber spiel du dich nicht auf wie eine Partei, die alles für andere regelt! Ich helfe mir selber. So ist das nämlich mit der Freiheit.“

Da hat Roland nichts mehr gesagt.

Vielleicht sollte ich dir das gar nicht schreiben. Du denkst jetzt bestimmt, es ist doch so, wie die Walli gesagt hat. Ist es nicht! Bei euch gibt es auch Jugendliche, die sich Nazilieder anhören und auf der radikalen Schiene sind. Du hast es selber in deinem Brief erwähnt. Ich glaube genauso wenig wie du an Ossi-Probleme hier und Wessi-Glück da.

Ich glaube, Roland hat Angst und würde am liebsten alles kaputtschlagen, was er für ungerecht hält. Er ist voller Wut, weil er sieht, wie manche Leute immer reicher werden, während wir uns kaum was leisten können. Er will besser zurechtkommen als unser Vater. Irgendwie war er schon als kleiner Junge so drauf. Damals wollte er Drachentöter werden. Meine Eltern haben ihn damit im Spaß aufgezogen und wir haben alle gelacht. Wahrscheinlich will er immer noch Drachentöter werden, nur hat er dafür jetzt einen anderen Namen: „Echter Deutscher“ vielleicht oder „Retter der Verelendeten“.

Roland der Rächer – Roland der Träumer.

Ach Tina, jetzt habe ich mir wieder meinen ganzen Frust von der Seele geschrieben. Hoffentlich nerve ich dich nicht damit. Ich hatte mich auf gute Livemusik gefreut, auf Spaß und Fröhlichkeit, aber dann will mich mein Bruder in was hineinziehen, was nicht mein Ding ist. Kannst du dir vorstellen, wie sauer ich war? Wie betrogen ich mir vorkam?

Das tut weh!
Deine Kai

Köln, 20. Oktober

Hey Kai,

eine Karte und ein Brief von dir! Nee, so was ist keine Fete, sondern eine Gemeinheit. Ich kann gut nachfühlen, wie du dich geärgert hast. Du musst verreisen, damit du mal Abstand kriegst und auf andere Gedanken kommst.

Ich habe meine Eltern gefragt, ob du in den Weihnachtsferien zu uns kommen darfst. Sie laden dich ein. Ich lade dich ein. Ganz Köln lädt dich ein!! Kommst du??

Echt, das wäre super! Wir hören Musik, quatschen im Dunkeln, bis uns die Augen zufallen, gehen ins Kino und in meine Lieblingsdisco. Du lernst Sabine kennen und natürlich auch Andreas. Dann kannst du einen Brüdervergleich anstellen. Oder wir tauschen mal: Ossispinner gegen Wessispinner, mit Rückgaberecht. Nein, im Ernst: DU MUSST KOMMEN.

Andreas weiß mal wieder überhaupt nicht, was er will. Roland hat wenigstens eine Vision oder so was. Aber Andreas schmeißt alles hin, was er anfängt. Als er von der Schule abging, wollte er zur Bundeswehr. Er war auch bei der Musterung und alles verlief gut. Jetzt haben wir rausgekriegt, dass er seine Einberufung verschoben hat. Er will sich erst noch „orientieren", hat er uns erzählt. (Was er denen beim Bund verklickert hat, wissen wir nicht.)

Meine Mutter hat einen Migräneanfall gekriegt. „Du vergammelst deine Jugend, dein ganzes Leben! Rumhängen, Saufen, Schmarotzen, kann das ein Lebensinhalt sein?", hat sie ihm entgegengeschleudert. Mein Vater, der sich sonst meist heraushält, hat diesmal auch gebrüllt: „Entweder du gehst auf eine weiterführende Schule, bis du einen Ausbildungsplatz hast oder zum Bund." Und was sagt mein Bruderherz zu alldem? „Ich ziehe aus!"

Ist das nicht ein Witz?

Es ist noch eine Weile hin, bis die Weihnachtsferien beginnen, aber wenn du schreibst, dass du kommst, können wir uns jetzt schon darauf freuen. In Köln ist immer eine Menge los. In der vergangenen Woche hat die Kelly Family *ein Konzert bei uns gegeben. Ich war nicht dort, weil die* Kellys *mit ihrer Musik nicht so meine Richtung sind. Aber aus meiner Klasse waren mehrere da. Es soll eine Megastimmung gewesen sein. Das ist es ja meistens bei den Livekonzerten. Dafür allein lohnt es sich schon hinzugehen.*

Die Backstreet Boys *kommen vielleicht im nächsten Frühjahr oder Sommer nach Köln. Dann wird hier was los sein! Du würdest staunen, wenn du sehen könntest, was ich alles von den Jungens aus Orlando gesammelt habe. Poster, CDs, Mitschnitte von Livekonzerten, Aufkleber, Zeitungsausschnitte, Fotos, jeden Schnipsel, den ich kriegen konnte! Mein Zimmer ist ein Tempel für die* Boys. *Vieles habe ich auch doppelt. Ich schenke es dir, wenn du willst.*

Kai, du musst kommen!

Auch wenn es mir das Herz bricht, reiße ich mich jetzt los von dir und den Jungens. Ich muss noch eine Lektüre für den Deutschun-

terricht lesen und mein Zimmer aufräumen. Dann will ich auf einen Sprung ins Tattoo, weil Sabine mit ihrem Holger auch kommt. Der Typ ist echt süß!

Denk über die Weihnachtsferien nach und lass mich nicht so lange auf Antwort warten. Das ist Seelenfolter.

♡-lichst deine Tina

Vierter November, Leipzig, wieder Schnee in der Nacht

Ach, Tina, es ist lausig kalt geworden. Überhaupt ist alles lausig im Augenblick. Da hat mir dein Brief richtig gut getan.

Bei uns zu Hause ist mal wieder alles beim Alten. Der Mann mit dem Mercedes hat den Computer abgeholt. Den braucht er jetzt woanders. Mein Vater hat das sofort eingesehen und verständnisvoll genickt. Er ist mit nach unten gegangen, um den Computer im Kofferraum zu verstauen. Danach hat er sich den Bohnerbesen geholt und das Treppenhaus bis unters Dach auf Hochglanz gebracht. Wir dachten schon, er würde gar nicht mehr aufhören.

Ich schnappe manches auf. Meine Eltern streiten über die Kameradschaft und das Auto. Meine Mutter wäre beides gern los. Die Kameradschaft lehnt sie ab, weil sie solche politische Gruppen nicht mag und das Auto hält sie für unsern Ruin. „Versicherung, Steuern, Benzin und die monatliche Abzahlung! Das Auto kommt uns so teuer wie ein Kind", behauptet sie. „Müssen wir das denn unbedingt haben?"

So teuer wie ein Kind. Tina, das hat mir einen Stich versetzt.

Mein Vater sagt, das mit der Kameradschaft verstehe sie nicht. Deshalb soll sie sich da gefälligst heraushalten. Er redet ihr auch nicht in ihre Angelegenheiten rein. Und das Auto ist heutzutage kein Luxus sondern eine Normalität. Wenn er sich nicht mal einen gebrauchten Kleinwagen leisten kann, wo doch alle, die er kennt, ein Auto haben, dann kann er sich gleich ein Schild umhängen und drauf schreiben: „Ich bin ein Nichts."

Wenn er so redet, greift meine Mutter über den Tisch und drückt meinem Vater die Hände. „Solange die Familie zusammenhält, gehen wir nicht unter", sagt sie und lächelt. „Weißt du noch, früher, als das hier die DDR war, haben wir immer gesagt, die Familie ist wichtiger als jede Katastrophe im Betrieb. Daran hat sich nichts geändert. Nicht bei uns! Wir brauchen dich, egal, ob du was verdienst oder nicht."

Meinen Vater muntert das nicht auf. Er dreht sich wortlos ab und verlässt die Wohnung. Dann läuft er sich müde in den Straßen und kommt erst zurück, wenn wir anderen schon schlafen. Am nächsten Morgen sehe ich noch die Trostlosigkeit in seinen Augen.

Meine Mutter ist stark für uns alle. Ich kann mir nicht vorstellen, ohne sie zu leben. Wenn ich denke, dass ich irgendwann erwachsen werde und nicht mehr bei meinen Eltern wohne, wird mir ganz komisch. Dann möchte ich den Finger in die Zeitmaschine stecken, damit sie anhält und ich nie älter werde.

Aber die Schule könnte von mir aus morgen schon zu Ende sein. Dann einen guten Job und schöne Reisen, damit ich mal was von der Welt sehe, einen tollen Freund natürlich und jede Menge Freiheit. Wenn ich mir das vorstelle, werde ich ungeduldig, weil ich erst in fünf Monaten 14 werde und es noch eine halbe Ewigkeit dauert, bis ich 18 bin. Ich möchte, dass sich was verändert und möchte es auch nicht. Tina, glaubst du, dass ich nicht normal bin? Bitte schreib es mir ehrlich. Es ist wichtig für mich.

Mit Weihnachten ist es dasselbe. Ich freue mich darauf und freue mich auch nicht. Deine Einladung für die Ferien – vergiss es. Kein Geld. Ich würde wahnsinnig gerne kommen und mit dir fortsetzen, was wir im Sommer an der Müritz abgebrochen haben – Cola trinken, Musik hören, über alles reden, lachen, Quatsch machen … Freundinnen sein.

Stattdessen werde ich in den Weihnachtsferien zu Hause hocken und Mathe pauken. Ich kapiere im Augenblick gar nichts. Unser Mathelehrer ist ein dürres glatzköpfiges männliches Wesen. Er hat eine kranke Hüfte und hinkt. Alles was er erklärt, zeigt und wiederholt ist unerträglich langweilig. Der hat sein Leben lang zu viele Zahlen gefressen und ist davon ganz knochentrocken geworden. Die ersten beiden Arbeiten im neuen Schuljahr habe ich Fünfen geschrieben. Mathe mein Alptraum!

So sieht es aus: Nicht Tina, nicht Köln, sondern stures Pauken und Nachhilfe von Bernd.

Vielleicht komme ich zu einem anderen Zeitpunkt zu dir, wenn mein Vater doch irgendwann wieder Arbeit findet und das Geld bei uns nicht so knapp ist wie jetzt. Viele aus meiner Klasse waren schon im Westen. Ich wünsche es mir. Manchmal soll das Wünschen sogar helfen. Glaubst du daran?

Jetzt verkrieche ich mich. Tauche ab. Draußen die Kälte, die Dunkelheit. Meine Oma ist krank. Wirklich, alles ist lausig. Aber ich werde es wie du machen, Musik hören, träumen, mich wegbeamen und ganz bestimmt nicht an Mathe denken oder an zahlenmurmelnde Pädagogen.

Schreib mir bald.

♡-lichst Kai

Kai, Hilfe!

Nicht nur bei dir ist alles lausig. Mir ist was Oberlausiges zugestoßen. Kann nicht darüber reden. Totales Chaos im Bauch, im Kopf und überall. Sabine spricht nicht mehr mit mir. Hab mich im Deutschunterricht mit Walli geprügelt. Sie hatte Nasenbluten. Wir mussten beide zum Schulleiter. Es war ganz schrecklich. Ich war so durcheinander, dass ich mich danach überhaupt nicht auf die Englischarbeit konzentrieren konnte. Ich musste abschreiben. Aber der Lehrer hat es gemerkt: Note 6! Da bin ich fast zusammengebrochen. In Köln glitzert die Weihnachtsdekoration und in meinem Kopf ist eine Sicherung durchgeknallt.

Stille Nacht, lausige Nacht! Tina

Leipzig, 16. November

Liebe Tina,

was ist passiert? Dein Brief klang wie Katastrophe hoch drei.

Warum spricht deine beste Freundin nicht mehr mit dir? Warum hast du dich mit Walli geprügelt? Wieso ist bei dir eine Sicherung durchgebrannt? Du bleibst doch sonst so cool. Schreib es mir. Knall's einfach aufs Papier und ab die Post. Du kannst mich doch nicht so schocken und dann im Regen stehen lassen!

Ganz liebe Grüße von Kai

Köln, 21. November

Hey Kai,

mich gibt's noch. Aber ich fühle mich wie Matsch. Saumäßig! Dabei bin ich saumäßig verliebt. Bei anderen findet dieser Zustand im Himmel statt, bei mir in der Hölle.
Angefangen hat alles in der neuen Disco. Sabine kam mit Holger vorbei. Ich dachte noch, wie schön ich es für Sabine finde, dass sie mit ihm geht. Hab mich echt gefreut für die beiden.

Kurz vor zweiundzwanzig Uhr sind wir zusammen aufgebrochen. Draußen war es stockdunkel. Ich habe mich ein bisschen gefürchtet, weil ich auf dem Weg vom Tattoo *ein kurzes Stück durch einen Park muss. Da bot Holger an, mich nach Hause zu bringen. Für ihn war es nur ein kleiner Umweg. Wir sind erst zusammen bei Sabine vorbei gegangen. Dann hat mich Holger sicher durch den Park gebracht. So was geschieht einem auch nicht alle Tage. Irgendwie kamen wir unterwegs aufs Tauchen zu sprechen. Dabei stellte sich dann heraus, dass er genauso gern taucht wie ich. Er hat mir von seiner Ausrüstung erzählt und von den Tauchkursen, die er in Italien und vor einer Insel in Indonesien gemacht hat. Hörte sich alles spannend an. Bisher konnte ich mich noch nie richtig mit ihm unterhalten. Es hatte sich einfach nicht ergeben.*

Doch inzwischen waren wir bei mir zu Hause angekommen und ich bin sofort rein, weil ich am Bibbern war. Es fegte nämlich so ein eisiger Novemberwind durch die Stadt.

Am nächsten Morgen, in der Schule, habe ich Sabine erzählt, dass ich keine Ahnung davon hatte, dass der Holger Sporttaucher ist. Sabine sagte, das wäre ihr auch neu. Mit ihr würde er sich über ganz andere Dinge unterhalten. Die Walli spitzte schon wieder die Ohren und wollte wissen, über wen wir reden. – Du weißt ja inzwischen, dass sie sich dauernd einmischt.

Den Tag darauf war Sabine so komisch in der Schule. Ich habe gleich gemerkt, dass was nicht stimmt. In der Pause hat sie dann erzählt, dass sie Krach mit Holger hat. Und am Nachmittag ruft mich dieser Wahnsinnige doch glatt an! Ob ich mal bei ihm vorbeikommen möchte, wo ich doch gleich um die Ecke wohne. Er könnte mir seine Taucherausrüstung zeigen und ein paar Unterwasserfotos, die er aus Indonesien mitgebracht hat. Er habe auch haufenweise Zeitschriften über Tauchsport. Wenn ich Interesse hätte, könnte ich mir von den älteren Heften welche mitnehmen.

Du weißt, Kai, dass ich auch in der Müritz geschnorchelt habe. Ist 'ne ganz andere Welt, so unter Wasser. Das Licht, die Pflanzen, die sich lautlos bewegen. Manchmal ein Fisch. Ich schwöre dir, ich habe wirklich nur ans Tauchen gedacht, als ich mir erklären ließ, wo er wohnt.

Eine halbe Stunde später stand ich dann vor so einem Nobelschuppen mitten in Köln. Ein Haus mit alten Bäumen im Vorgarten, einem hohen, spitzen Zaun und Sprechfunkanlage an der Gartenpforte. Alles vom Feinsten, sag ich dir. Drinnen genauso. Eine Frau kam mir auf der Treppe entgegen und sagte freundlich guten Tag. Holgers Mutter, dachte ich. Aber nee, es war die Hausangestellte, wie mir Holger kurz darauf erklärte.

Wir gingen in sein Zimmer im ersten Stock. Doch von wegen Zimmer! Da geht rechts eine Tür ab ins Bad und links eine in Holgers Schlafzimmer. Er hat eine richtige kleine Wohnung im Haus seiner Eltern. So was habe ich noch nie gesehen. – Kronprinz Holger.

Zum Glück kramte der Prinz gleich die Tauchsportzeitschriften raus und ich hatte was in den Fingern, um meine Unsicherheit zu überspielen. Normalerweise bin ich nicht so leicht aus der Fassung zu bringen, aber das hier haute mich um.

Holger erzählte, dass seine Eltern für drei Tage in Paris sind, um Lederwaren für die Frühjahrskollektion einzukaufen. Der Vater macht in Großhandel mit Handtaschen, Gürteln, Lederbekleidung und Schuhen. Edel auf der ganzen Linie, vermute ich. Aber das Schärfste kommt noch: Nach einiger Zeit klopft es an der Tür und die Hausangestellte rollt einen kleinen Servierwagen herein mit Limo, Cola, Saft und Gebäck.

Und da rutscht es mir so raus: „Eh, bin ich hier im Film oder was?"

Der Prinz war kein bisschen beleidigt. Er sagte ganz locker, dass seine Alten nun mal die dicke Kohle hätten. Das beeindrucke ihn aber nicht die Bohne. Ich solle mich bloß nicht einschüchtern lassen vom Stil des Hauses.

Der hat wirklich ‚Stil des Hauses' gesagt.

Meine Eltern leben wahrhaftig nicht in einer Hütte. Unsere Mietwohnung hat fünf Zimmer, zwei Bäder und eine große Dachterrasse. Aber ‚Stil des Hauses' war mir neu. Über das Tauchen habe ich mich zum Glück schnell entspannt. Wir konnten uns super unterhalten. Natürlich hat Holger auch eine große Musikanlage. Erst haben wir uns Rap von Mr. Regulate *angehört und so was. Aber er hatte auch von* Céline Dion, My *heart will go on. Wie es dann passiert ist, weiß ich nicht mehr. Es ist über uns gekommen wie ein Blitz. Tausend Volt, hunderttausend, alles in mir hat gekribbelt und geflattert. Wir haben uns geküsst. Wow, Kai, mir fehlen die Worte. Ich wusste, dass es irgendwann geschieht, aber ausgerechnet bei dem Freund meiner besten Freundin?! Bei diesem Kronprinz!*

Ich war total von der Rolle und habe vergessen Hausaufgaben zu machen. Sabine hat gleich mitgekriegt, was los ist. Sie hat mir in der Schule den nassen Schwamm ins Gesicht gepfeffert und vor der ganzen Klasse gebrüllt, ich sei das größte Arschloch *der Welt. Die andern haben doof geguckt und zum Glück nichts kapiert. Ich wollte ihr alles erklären, aber sie hat mich gar nicht zu Wort kommen lassen.*

Als dann der Unterricht anfing, hat Walli mir dauernd Zettelchen zugeschoben. Ich soll mir nichts bieten lassen, stand darauf, und dass die Sabine in letzter Zeit überhaupt etwas überspannt sei, dass sie sich was einbildet auf ihren Lover. Da habe ich der Walli eine geklebt. Mitten *in der Deutschstunde. Wir mussten beide zum Schulleiter. Als ob das nicht schon genug wäre! Nein, ich muss auch noch die* Englischarbeit *versägen.*

Ich bin völlig fertig, Kai. Sabine ist meine beste Freundin. Ich will ihr das nicht antun. Was da geschieht, ist höhere Gewalt. Ist Fügung. Ist Liebe. Ich kann doch nichts dafür, dass sie und Holger sich gestritten haben und er jetzt in mich verliebt ist. Das hat mit Wegnehmen überhaupt nichts zu tun. So was ist Schicksal.

Kai, ich kann auf deinen langen Brief vom vierten November noch immer nicht eingehen, obwohl es so ein trauriger Brief war. Ich bin keine gute Freundin im Augenblick. Für Sabine nicht und für dich auch nicht. Die Sache mit Holger blockiert alle meine Gedanken und Gefühle.

Komm nach Köln! Ich muss mit jemandem reden, dem ich voll vertrauen kann. Das bist nur du. Und für dich ist es auch wichtig, dass du mal was anderes siehst und hörst.

Das Geld für die Bahnfahrt treiben wir irgendwie auf. Daran soll es nicht scheitern. Wir können doch zusammenlegen. Vielleicht tut deine Oma was dazu. Bitte, Kai, lass mich nicht hängen, schreib mir, dass du kommst.

Ich brauche dich! Tina

Leipzig, 28. November

Tina, du tust mir so Leid!

Bei dir muss wirklich eine Sicherung durchgeknallt sein!

Nach deiner Katastrophenmeldung habe ich mir ein riesengroßes Fettnäpfchen vorgestellt, in das du voll reingelatscht bist. Tina, die ihren Mund nicht halten kann, die ihre Meinung an die große Glocke hängen muss, egal, was passiert. Und nun ist es Liebe!

Ein ziemlich komplizierter Fall von Liebe. Ach, Tina, wenn ich das durchmachen müsste! Unvorstellbar. Ich glaube, wir haben beide gerade eine schwierige Zeit. Wir müssen uns sehen!

Ich habe mir als einziges Weihnachtsgeschenk eine Fahrkarte nach Köln gewünscht. Meine Mutter hat mich in die Arme genommen und nur stumm den Kopf geschüttelt. Wenn sie das Geld hätte, würde sie mich fahren lassen. Das weiß ich. Ich habe bei uns in der Schule einen Zettel ausgehängt, dass ich Nachhilfe für die 5. und 6. Klasse gebe. Bisher hat sich noch keiner gemeldet. Meine Oma kann ich auf gar keinen Fall anpumpen. Sie hat durch die Wende nur eine ganz kleine Rente.

Mein Vater könnte ein paar Mark verdienen, wenn er als Weihnachtsmann in einem Kaufhaus herumliefe. Die brauchen da einen am 6. Dezember für die Werbung. Aber er hat abgelehnt. Lieber will er verhungern, als sich zum Weihnachtsmann machen zu lassen. So was ist keine Arbeit sondern Hohn, hat er gemeint. Ich würde es machen. Man sieht doch nicht wer hinter Kapuze, Bart und langem Mantel steckt. Aber der Mann in dem Kaufhaus hat gesagt, ein Weihnachtsmann darf nicht mehr schulpflichtig sein und muss eine Bescheinigung vom Arbeitsamt mitbringen. Die Bestimmungen sind da ganz streng.

Vielleicht geht es uns im nächsten Jahr besser. Mit ein bisschen Glück arbeitet meine Mutter dann öfter bei dem Bäcker in unserer Straße. Es ist nämlich nicht zu übersehen, dass die Bäckersfrau schwanger ist. Lange kann sie nicht mehr im Laden stehen. Nun hoffen wir, dass meine Mutter dort fest angestellt wird. Für einige Monate wenigstens.

Mein Vater war gestern wieder auf seinem vielgeliebten Arbeitsamt, weil er jetzt doch mit dem Computer umgehen kann. In der Zeitung hat gestanden, dass Leipzig eine aufstrebende Stadt ist. Mein Vater hat den Artikel ausgeschnitten und mit zum Arbeitsamt genommen. Der Beamte kannte den Artikel schon. Er hat das auch bestätigt, was da über Leipzig gesagt wurde, aber meinem Vater konnte er dann doch nur den Weihnachtsmann anbieten.

So ist also kein Geld da zum Verreisen. Aber irgendwann sehen wir uns. Ganz bestimmt. (Ich versuche es weiter mit Wünschen.) Schreib mir mehr über Holger. Woran hast du eigentlich gemerkt, dass er genauso viel für dich empfindet wie du für ihn? Geht das denn so schnell mit der Liebe? Mich wundert, dass er mit Sabine Schluss gemacht hat und gleich darauf in dich verliebt war.

Zum Stil des Holger-Hauses habe ich keine Meinung. Der Stil unseres Hauses ist geprägt von der Sozialhilfe und dem Eingemachten aus dem Garten meiner Oma. Bei uns kommen Gnandsteiner Mirabellen mit Pfannkuchen auf den Tisch. Oder Holunderbeersuppe mit Grießklößchen. Oder Kaninchen in Aspik.

Jetzt muss ich dir unbedingt noch eine Neuigkeit von hier berichten, auch wenn dein Kopf mit anderen Dingen voll gestopft ist. Ich habe dir doch von unserm Mathelehrer geschrieben, erinnerst du dich? Er muss ins Krankenhaus und wird an der Hüfte operiert. Als Vertretung haben wir eine junge Lehrerin bekommen. Die sieht toll aus und ist riesig nett. Sie erklärt viel besser als der alte Maywald und gibt uns nicht so viele Hausaufgaben auf. Man soll niemandem etwas Schlechtes wünschen. Tu ich auch gar nicht. Ich wünsche mir nur was Gutes, nämlich, dass die Frau Zorn (die gar nicht zornig ist) lange bei uns bleibt.

Auf deinen nächsten Brief bin ich ganz besonders gespannt, weil ich unbedingt wissen will, wie du das Chaos aus Liebe, Krach, Freundschaft und all dem andern Kuddelmuddel wieder auf die Reihe bringst. Eine Frage kann ich mir allerdings nicht verkneifen. Was würdest du machen, wenn Holger dein Freund gewesen wäre und plötzlich mit Sabine ginge?

Deine Freundin Kai

1. Advent, ein Lichtlein brennt

Hey Kai,

die Frage am Schluss deines Briefes bringt mich fast um! So etwas kann ich nicht beantworten. Soll ich mir selber mein gutes Gefühl zerstören? Wer denkt denn an so was, wenn er liebt? Holger und ich sind im Himmel.

Hör dir lieber an, was ich für dich herausgefunden habe. Genauer gesagt, es ist ein Tipp von meinem Bruder. Andreas meint, du sollst dir bei der Mitfahrerzentrale in Leipzig eine Autofahrt nach Köln vermitteln lassen. Das kostet ganz wenig. Er kennt sich da aus. Seit er seinen Obst-und-Gemüse-Job hingeschmissen hat, ist er nur noch auf Achse. Überall hat er neuerdings Kumpel, sogar in Thüringen und Bayern.

Erkundige dich bitte bei euch in Leipzig. Und verklicker deinen Eltern, dass sie doch das Essen sparen, wenn du bei uns bist.

Über Holger mag ich gar nichts schreiben. Ich habe den Eindruck, dass du etwas sauer bist, weil seine Eltern so reich sind. Er kann doch nichts dafür, dass er in diesem protzigen Kasten wohnt. Holger ist so süß und wirklich nicht eingebildet. Keiner kann sich seine Eltern aussuchen. Ich glaube, Holger fühlt sich ziemlich einsam. Seine Eltern sind nur mit Geldverdienen beschäftigt und er hat keine Geschwister. Ein richtiges Familienleben, so wie bei euch und bei uns, kennt Holger wahrscheinlich gar nicht. Es muss schrecklich sein, wenn Vater und Mutter arbeitslos sind und das Geld so knapp ist wie bei euch, aber es muss auch schrecklich sein, wenn die eigenen Eltern so viel verdienen, dass sie damit gar nicht mehr aufhören können, weil sonst die Firma zusammenbricht oder so was. Ich muss unentwegt an Holger denken. Selbst wenn ich in der Schule bin, habe ich das Gefühl, Holger sitzt unsichtbar zwischen Sabine und mir. Es hat sich nichts geändert.

Ich bin jetzt wirklich reif für die große Liebe, auch körperlich. Gestern habe ich zum ersten Mal geblutet. In meiner Klasse sind schon viele so weit. Als das bei mir losging, habe ich mich riesig gefreut.

Im Augenblick bin ich so drauf, dass ich die ganze Welt umarmen möchte! Die ganze Welt, einschließlich meiner Probleme!

Ich umarme dich,

Tina

1. Dezember, in Köln schneit es wie wild

Hallo Kai,

ich habe dir erst vorgestern geschrieben, aber du kriegst gleich noch einen Brief von mir. Ich bin gerade in super Schreiblaune.

Wie ich heute Morgen in die Klasse komme, hängen die Mädchen alle zusammen über irgendwas gebeugt und die Jungen stehen dahinter und recken die Hälse. Ich denke, was haben die denn da. Walli und Sabine lösen sich von dem Pulk und kichern. „Wie findest du das?", fragt Walli. „Mutig", sagt Sabine. „Peinlich", meint Walli.

Ich habe keine Ahnung, um was es geht. Das ärgert mich. Es ärgert mich auch, dass ich die beiden nicht fragen kann, weil Sabine immer noch der Ansicht ist, ich hätte ihr Holger aus Gemeinheit ausgespannt und weil ich Walli eins auf die Nase gegeben habe. Aber noch mehr ärgert mich, dass die beiden sich so einig darin sind, mich zu übersehen.

Schließlich kriege ich aber doch raus, was es Tolles zu bestaunen gibt. Zunächst kapiere ich, dass es mit einem älteren Bravo-Heft *zusammenhängt, das irgendwer ausgegraben hat. Mein erster Gedanke ist: Ein mega geiles Poster von* Nick, Nana *oder sonst wem. Aber dann hält mir Jasmin eines von diesen Selbstauslösernacktfotos hin, aus der Serie* LOVE + SEX *und ich erkenne das Gesicht* von dem Mädchen. *Die ist neu in unserer Schule und nennt sich*

Bella. Sie hat sich für ein Interview mit Foto gemeldet. Jeder in unserer Klasse hat sich nun angeguckt, wie sie unter der Wäsche aussieht. „Heavy Petting ist für mich der schönste Sport" steht da als Überschrift.
Ich denke hm, naja, weiß nicht . . . Das wäre jetzt was, worüber ich gern mit Sabine reden möchte. Dann fällt mir ein, bald ist Weihnachten. Friede auf Erden und so. Aber ich kriege das mit dem Frieden nicht hin.

Sabine ist tief gekränkt. Sie erzählt überall, ich hätte mich an Holger rangeschmissen. Eiskalt. Früher wären wir Freundinnen gewesen, aber jetzt hätte sich gezeigt, was für ein raffiniertes Luder ich in Wirklichkeit sei. Holger wäre voll auf mich reingefallen. Aber der käme schon noch dahinter, und dann würde sich ja zeigen, ob die Liebe hält. Diese Anschuldigungen sind so falsch und tun weh. Es ist schrecklich. Neulich hat Sabines ältere Schwester versucht, eine Aussprache zwischen uns zu vermitteln. Aber Sabine will nicht. Sie gibt mir keine Chance. Was soll ich nur machen? Ich habe ein schlechtes Gewissen. Es tut mir ehrlich Leid für sie. Aber zwischen Holger und mir stimmt alles. Es ist Liebe. Dagegen kann man nichts machen. Es geschieht einfach. Was ich für Holger empfinde ist unbeschreiblich. Ich würde Sabine alles schenken, alles, außer Holger.

Leider fliegt mein Herzbube in den Weihnachtsferien nach Amerika. Ich weiß nicht, wie ich das aushalten soll. Er fliegt schon zwei Tage vor Ferienbeginn zum Skifahren, irgendwo in die Rocky Mountains. Ich habe ihm verraten, dass ich am 4. Januar 14 werde. „Das feiern wir nach, ich lasse für dich eine Fete steigen", hat er mir versprochen.

Eine Fete bei Holger, für mich, weil ich 14 werde! Ein mega gutes Gefühl ist das. Es entschädigt mich für die Trennung vorher. Ich kann es gar nicht abwarten, 14 zu werden. Mit 13 ist man noch nicht alt genug, für nix und gar nix. Man ist kein Kind mehr, aber in der Disco tun einige, als könnte man noch nicht über die Bar gucken. Die aus den oberen Klassen spielen sich manchmal wie Oldis auf. 14, das ist wie ein Hochsprung.

Aber wenn du nicht kommst, fürchte ich, dass mein Geburtstag nur langweilig wird und dass ich den Sprung gar nicht merke. Holger in Amerika. Sabine unansprechbar in ihrer Wut auf mich. Und all die andern irgendwo in den Ferien verstreut. Von meiner Familie kann ich auch nicht viel erwarten. Mein Vater geht früh zur Arbeit. Den sehe ich erst abends. Andreas hängt wahrscheinlich wieder bei seinen Kumpels rum. Der spinnt von Tag zu Tag mehr. Meine Mutter kann ich nicht in die Disco einladen. Da geht sie nicht mit. Am 4. Januar ist der Himmel voraussichtlich grau, die Autos spritzen den Schneematsch auf die Bürgersteige und im Park ist die grüne Farbe längst abhanden gekommen. Wenn man an so einem Tag zum ersten und einzigen Mal in seinem Leben 14 wird und keiner feiert mit einem, dann ist das wie ein Strafzettel, weil man am falschen Tag auf die Welt gekommen ist.

Du hast auf meinen letzten Brief noch nicht geantwortet. Kommst du, Kai? Wie soll ich die Ferien aushalten, ohne Holger, ohne dich? Du bist im Augenblick meine einzige Freundin.

Gruß und Kuss von Tina

Leipzig, 2. Advent

Hallo Tina!

Gruß und Kuss auch von mir. Ich freue mich so! Die ganze Woche habe ich immer wieder davon angefangen, dass ich nach Köln fahren will. Ich habe bei der Mitfahrerzentrale angerufen, um rauszukriegen, wie das läuft und was das kostet. Schließlich hat mein Vater gemeint: „Also, dann fahr! Wenn ihr beide euch unbedingt sehen müsst ..."

Gerade hat meine Mutter deine Mutter angerufen. Es ist nun alles klar. Ich komme gleich nach den Weihnachtsfeiertagen. Wir sind Silvester zusammen und Neujahr, aber leider nicht mehr an deinem Geburtstag. Da haben wir in Leipzig schon wieder Schule. Doch an den Tagen vorher können wir viel zusammen unternehmen. Shopping gehen, durch die Stadt bummeln, Musik hören, lesen, erzählen und vieles mehr. Ich bin mega gespannt auf Wessi-Deutschland, auf dein Zimmer mit den vielen Fotos von *Nick*, auf deine CDs, auf alles.

Schade, dass ich Holger nicht kennen lerne. Deinen Herzbuben hätte ich zu gern getroffen. Hast du ein Foto von ihm? Du musst mir zeigen, wo er wohnt. Vielleicht sieht das Haus von außen wirklich so aus, wie ich es mir vorstelle – wie 'ne alte Villa mit drei Meter hohen Fenstern und so. Und Sabine? Fährt sie weg in den Ferien oder begegnen wir uns vielleicht in deiner Stammdisco? Schrecklich, wenn eine so lange Freundschaft wegen eines

Jungen zerbricht. Ich kann gut verstehen, wie dich das belastet. Aber ich kann auch Sabine verstehen …

Ich muss jetzt Schluss machen, obwohl es eine Menge von hier zu berichten gäbe. Das hebe ich mir alles auf, bis ich bei dir bin.

Bis bald und viele, viele, viele Grüße
von Kai

Köln, 4 Tage vor Heilig Abend

Hey Kai,

diese glitzernde Weihnachtskarte mit dem Kölner Dom im Schneegestöber will ich dir noch ganz schnell mit einem Gruß schicken, bevor du kommst. Das Wünschen hat geholfen. Man muss nur ein bisschen nachhelfen. Ein schöneres Weihnachtsgeschenk für uns beide kann ich mir gar nicht vorstellen. Liebe ist mega, aber Freundschaft ist wichtig.

Frohe Festtage für dich und alle, die du lieb hast.
Tina

Köln, 29. Dezember

Liebe Mama!

Seit meinem Anruf gestern Abend weißt du schon, dass ich heil angekommen bin. Gleich machen Tina und ich einen Bummel durch Köln. Sie muss nur noch zwei Bekannte anrufen. Ich nutze die Zeit, um dir rasch zu schreiben, denn telefonieren dauert bei Tina lange. Das habe ich schon festgestellt. Sie läuft mit dem Handy durch die ganze Wohnung, wirft sich aufs Bett, hockt sich auf die Fensterbank oder isst dabei sogar eine Banane. Tina steckt mich mit ihrer guten Laune an. Wir sind pausenlos am kichern.

Sie hat ein schönes großes Zimmer, genug Platz für uns beide. Das Haus, in dem sie mit ihrer Familie wohnt, ist gar nicht viel anders als bei uns. Auch hier wohnen sechs Familien, je zwei auf einer Etage. Nur ganz oben ist noch eine Wohnung, die geht über die ganze Hausfläche und ist die größte. Darin sitze ich jetzt und schreibe dir.

Man hat einen weiten Blick über die Stadt von hier oben. Tinas Vater hat mich gleich nach meiner Ankunft zu einem Fenster geführt, um mir den Dom zu zeigen. „Für jeden echten Kölner ist der Dom das wichtigste Gebäude der Welt“, hat er mir in ganz breitem Dialekt erklärt.

Diese kölsche Sprache klingt total komisch. Ich musste lachen und habe dann was auf Sächsisch genuschelt. Da mussten die hier lachen.

Wir kamen so in Stimmung, gestern Abend, dass wir uns eigentlich einen Witz ausdenken wollten: Ein Rheinländer trifft einen Sachsen ... Aber vor lauter Lachen über die unterschiedlichen Dialekte ist uns dann nichts eingefallen.

Tinas Eltern sind wirklich nett und ganz locker. Im Sommer, auf dem Campingplatz, habe ich das gar nicht so gemerkt.

Tina hat das Handy zwischen Ohr und Schulter eingeklemmt und zieht ihre Stiefel an, während sie weiterredet. Gleichzeitig macht sie Grimassen zu mir. Ich soll mich beeilen. Wir wollen jetzt los. Tina ist wirklich lustig, aber euch vermisse ich doch. Ich weiß gar nicht warum. Vermisst ihr mich auch?

Viele Grüße an Papa, Bernd und Roland und ein Küsschen für dich, Mama.
Deine Kati

Köln, 30. Dezember

Liebe Mama!

Morgen ist Silvester. Tina hat ganz viele Knaller und Raketen eingekauft, auch bunte Luftschlangen, Girlanden, Papierblumen und Konfetti. Damit wollen wir die Wohnung schmücken. Tinas Vater hat Kisten mit Bier, Wein, Sekt, Limo und Saft angeschleppt und Tinas Mutter hat bei einem Party-Service kalte Platten bestellt. Die Vorbereitungen für die große Silvesterfeier laufen auf Hochtouren.

Was die an Geld ausgeben! Wenn Tina nicht am Telefon hängt, ruft ihre Mutter irgendwelche Leute an. Wenn der Vater abends nach Hause kommt, blättert er in den verschiedenen Zeitungen und Illustrierten, die beinahe täglich mit der Post ankommen. Hier stehen zwei Computer, aber bisher habe ich noch nie gesehen, dass einer davon benutzt wurde. Hier gibt es überhaupt viel doppelt: zwei Klos, zwei Fernseher, zwei Sofas im Wohnzimmer, zwei Autos, na ja, und zwei Verdiener.

Tinas Mutter hat auch einen Job. Du hattest mich danach gefragt und ich wusste es nicht. Sie arbeitet vormittags bei einem Rechtsanwalt. Ihr Chef ist heute Abend auch eingeladen, hat Tina erzählt. Es wird wohl ein ganz großes Fest. Wie viele Leute kommen werden, weiß niemand, denn jeder, der eingeladen ist, kann noch Freunde und Bekannte mitbringen. Die Kölner sind wirklich fröhliche Leute.

Nur Tinas Bruder, mit dem stimmt was nicht. Er ist schon tagelang nicht nach Hause gekommen. Ich habe ihn noch gar nicht kennen gelernt. Sein Zimmer ist abgeschlossen. Den Schlüssel hat er mitgenommen. Ist das nicht seltsam? Du, Mama, weißt immer wo Bernd, Roland und ich hingehen. Wir erzählen es dir und finden das in Ordnung. Tina zuckt nur mit den Schultern und ihre Eltern reden nicht über Andreas. Jedenfalls nicht, wenn ich dabei bin. Natürlich geht mich das nichts an und deshalb sage ich Tina nicht, was ich denke. Komisch finde ich es trotzdem.

Gestern waren Tina und ich im Kino. Ich hatte wenig Lust, aber sie musste unbedingt diesen Film sehen. (Er war ziemlich blöd, Klamauk im Weltraum). Tina hat beide Kinokarten bezahlt. Ich wollte mich nicht einladen lassen. Du hast mir genug Geld mitgegeben. Aber Tina bestand darauf. Anschließend waren wir noch in ihrer Lieblingsdisco. Da wollte ich sie einladen. Aber ehe ich bezahlen konnte, hatte sie das schon erledigt. Mir ist das unangenehm. Das habe ich ihr auch gesagt. „Vergiss es", hat sie gemeint. „Kauf dir lieber eine CD oder ein hübsches Andenken an Köln. Ich habe zu Weihnachten von meiner Patentante und von beiden Großeltern Geld geschenkt bekommen. Lass dich ruhig einladen. Du musst dir nichts dabei denken."

Aber ich denke mir doch was dabei. Geldausgeben geht bei den Wessis wie's Luftholen. Oft läuft der Fernseher stundenlang, ohne dass einer hinschaut. An die unnötigen Stromkosten denkt hier keiner. Oder das viele Telefonieren! Mal eben eine Cola gekauft, einen neuen Lippenstift, ein Päckchen Kaugummi. Das läuft einfach so nebenher. Aber ich habe hier auch Menschen in den Straßen gesehen, die sehr elend aussahen, sogar gebettelt haben. Die Wessis sind auch nicht alle reich.

Tina geht ganz oft in eine Disco. Im Augenblick treffen sich da scheinbar alle Jugendlichen aus der Gegend, die nicht zum Wintersport gefahren sind. Ich kenne einige schon vom Sehen. Gestern hat mich ein Bekannter von Tina nach den Rechtsradikalen und Skinheads bei uns gefragt. Er hat gemeint, in Leipzig könnte man sich nicht über die Straße trauen, wenn man wie ein Ausländer aussähe, ohne verprügelt zu werden. Selbst in Schlabberklamotten und mit bunten Strähnen im Haar würde man von rechten Horden verprügelt. Der scheint zu glauben, dass Leipzig im Wilden Westen liegt.

Aber nicht alle haben solche Vorurteile. Manche sagen einfach hey, hallo, wie geht's, als würde ich gleich um die Ecke wohnen. Doch dann kommt so einer daher und fragt: „He, Tina, seit wann hast du eine Ossi-Freundin?" Er guckt mich an, als suche er an meiner Nase einen roten Fleck. Ein bisschen was muss doch noch übrig geblieben sein, von vor der Wende.

Tina meint, ich bilde mir das nur ein. Vielleicht bin ich wirklich überempfindlich. Aber komisch klingt es auch, wenn mich ein Mädchen fragt, auf was für eine Schule ich gehe. „Mittelschule", sage ich. Und sie klärt mich auf: „Bei uns heißt das Realschule."

Wenn wir dann wieder in Tinas Zimmer hocken, lachen wir darüber. Oder wir erzählen es ihren Eltern beim Abendessen. Es ist schon witzig, wenn mir ein Wichtigtuer vom Gymnasium erklärt, wie es seit der Jahrtausendwende in Sachsen zugeht. Er kennt sich bei uns besser aus als ich, weil sein Vater „dicke im Ost-Geschäft" ist und er deshalb einen ganz anderen Einblick hat als eine Schülerin.

Tinas Vater kann darüber nur den Kopf schütteln. „Vierzig Jahre hat es auf beiden Seiten geheißen: ‚Die da drüben sind anders.' Aber es gibt nicht mehr die einen und die andern Deutschen. Ihr beide seid Nachwendekinder. Lasst euch von dem Gerede nicht dumm machen. Zufällig wohnst du in Leipzig und die Tina in Köln. Dazwischen liegen einige Stunden Autofahrt. Sonst nichts."

Wenn ich wieder nach Hause komme, gibt es noch viel zu erzählen. Ich hoffe, es geht euch gut. Du, Mama, bist jetzt sicherlich jeden Tag bei Bäcker Klunke. Ich wünsche euch einen guten Start ins neue Jahr. Wir haben uns versprochen, um Mitternacht ganz fest aneinander zu denken. Ich werde es nicht vergessen.

Ganz herzliche Grüße eure Kati

Neujahr in Köln

Liebe Eltern!

Ein frohes neues Jahr! Das wünsche ich auch Roland und Bernd, aber euch noch ein bisschen mehr. Und dass wir alle gesund bleiben. Vor allem die Oma. Fahrt ihr heute zu ihr?

Es ist beinahe halb elf am Vormittag. Alle schlafen noch. Aber ich konnte es im Bett nicht mehr aushalten und bin in die Küche geschlichen, um Tina nicht zu stören. Die Wohnung wirkt wie ausgestorben mit der Unordnung, die von der Feier zurückgeblieben ist. Nur der Kanarienvogel in seinem Bauer auf der Fensterbank ist außer mir schon wach. Es ist eine helle, moderne Küche, in der ich sitze. Aber ich fühle mich fremd in ihr. Ich gehöre nicht hierher. Kann's nicht ändern, hab ein bisschen Heimweh.

Morgen Abend bin ich wieder bei euch. Der Fahrer, mit dem ich nach Köln gekommen bin, fährt einen Tag früher wieder nach Leipzig. Er hat versprochen, mich hier vor der Haustür abzuholen. Das klappt also prima.

Im Rheinland dauern die Weihnachtsferien noch bis zum 6. Januar. Tina ist ganz enttäuscht, dass ich an ihrem Geburtstag nicht mehr bei ihr bin. Sie versucht mich zu überreden, zwei Tage die Schule zu schwänzen. Bei so was kennt Tina keine Hemmungen. Aber ich fahre zurück.

Die Silvesterfeier war reichlich turbulent. Dauernd kamen Leute vorbei und brachten haufenweise gute Laune mit. Manche benahmen sich ziemlich schrill. Einige gingen schon vor Mitternacht, weil sie noch zu einer anderen Party wollten. Um halb zwei kam das letzte Grüppchen angeträllert. Auch Tina warf sich in so eine überdrehte Laune. Aber in Wirklichkeit war sie enttäuscht, denn von ihren Bekannten waren nur drei Jungen und zwei Mädchen gekommen. Mit denen kam keine richtige Stimmung auf. Pia und Frank verabschiedeten sich schon nach einer Stunde wieder. Stephan kriegte mit seiner Freundin Anke kurz vor Mitternacht Stress. Anke haute einfach ab. Fünf Minuten später rannte Stephan los, um Anke zu suchen. Zurück blieb Michael, der alles andere als eine Frohnatur war. Erst trank er Bier aus der Flasche, dann wankte er ins Bad und verschlief anschließend den Jahreswechsel auf dem Teppichboden in Tinas Zimmer.

Tina fing an zu weinen. Sie fühlte sich von ihren Bekannten im Stich gelassen. Aus lauter Frust goss sie sich Wein in ihre Cola und wurde von diesem Gemisch noch trauriger. Dann wollte sie unbedingt mit einer Freundin telefonieren, die gar nicht mehr ihre Freundin ist. Sie verschwand mit dem Handy auf einem der beiden Klos. Und ich blieb allein zurück. Neben dem im Schlaf stöhnenden Michael kam ich mir wie die letzte Überlebende von irgendwas vor.

Da bin ich auf die Dachterrasse hinaus. Es war bitterkalt und sternenklar. In den Straßen glitzerten die Lichter von Köln. Ein älterer Typ kam aus dem Wohnzimmer nach draußen gestolpert. Er brachte mir ein Glas Wein mit. „Prost! Kannst Albert zu mir sagen, wo wir doch nun eine Nation sind.“ Er stieß mit mir an.

Mich machte das verlegen. Ich wollte nicht Albert sagen und nicht schon wieder in so ein Wendegespräch gezogen werden. Er merkte es und fing an, mir ein Lied vorzusingen, in dem es um ein Polenmädchen ging. Das war noch schlimmer. Mir wurde kalt und ich wollte zurück nach drinnen. Da brach er das Lied ab und legte einen Arm um mich. „In aller Freundschaft“, brabbelte er, „wo wir doch jetzt ein Volk sind. Na, da werden wir uns doch nicht so zieren. Prost!“

Ich stieß ihn zurück und kippte dabei versehentlich Wein über seinen Ärmel. Da wurde er pampig. „Ein bisschen Dankbarkeit ist doch wohl nicht zu viel verlangt, oder? Wir pumpen die Milliarden in eure marode Wirtschaft. Euch ist es noch nie so gut gegangen wie jetzt, aber kein bisschen Dankbarkeit.“

Zum Glück kam eine Frau und riss Albert ziemlich unsanft von mir los. „Lass die Finger von denen ihrem Besuch“, sagte sie scharf. „Du weißt doch überhaupt nicht mehr, was du redest.“ Sie schüttelte den Kopf in meine Richtung und ließ keinen Zweifel daran, dass Albert ein Idiot ist.

Danach sank meine Stimmung auf den Nullpunkt. Ich wollte nur noch schlafen. Zuerst musste ich aber den Michael loswerden. Ich habe ihn so lange geschüttelt, bis er auf die Beine kam. Mit meiner Hilfe fand er schließlich aus der Wohnung.

Als Tina endlich kam, haben wir die Tür von innen verriegelt. Sie hat sich aufs Bett geworfen und wollte nicht reden. Ich glaube, das Telefongespräch war nicht gut für sie. Trotz des Lärms aus den anderen Räumen, sind wir rasch eingeschlafen.

Der Kanarienvogel fängt an zu trillern. Die Sonne hat die Wolken vertrieben und der Himmel ist blau. Oma würde sagen: Ein blankgeputzter Morgen. Ich mache jetzt einen kleinen Spaziergang zum Briefkasten. Wenn es gut geht, erreicht euch mein Neujahrsgruß noch vor meiner Ankunft. Wenn nicht, lese ich ihn euch übermorgen vor.

Eure Kati

Köln, den 6. Januar

Liebe Kai!

Mit dieser Anrede fängt ein ordentlicher Brief an, habe ich mir sagen lassen. Ich habe bestimmt noch nie einen ordentlichen Brief geschrieben, kann ich gar nicht. Du bist der erste Mensch, der mich überhaupt zu so was bringt. Und das Komische ist, es macht sogar Spaß.

Sonst geht bei mir alles per Telefon. Wenn mir etwas in den Sinn kommt, muss ich gleich mit jemandem darüber quatschen. Handy her, aufs Bett, Beine gegen die Wand gelehnt, Kopf auf mein Kuschelkissen, so telefoniere ich am liebsten. Du hast meine Gewohnheiten in den letzten Tagen ja genug miterlebt. Wenn ich was von meinen Bekannten oder Freunden will, rufe ich sie an. Wenn meine Großeltern, meine Patentante, meine Cousinen Geburtstag haben, rufe ich sie an. Wenn jemand von meiner Familie verreist ist, telefonieren wir miteinander.

Nur bei uns beiden ist das anders. So soll es auch bleiben. Ist eben was Besonderes. Ich freue mich auf jede Antwort von dir und hebe alle Briefe auf. Hoffentlich schreibst du mir bis wir beide Großmütter sind.

Das MOSAIK ALBUM *hat mir meine Mutter am Geburtstag auf den Frühstückstisch gelegt. Vielen Dank, Kai. War lieb von dir, aber wirklich nicht nötig. Trotzdem habe ich mich riesig gefreut.*

Nun bist du zurück in Leipzig. Die Schule hat wieder begonnen und ich hoffe, du hast ein bisschen mit deiner Reise nach Köln geprahlt. Es war dein erster Besuch im Westen. Hat es dir bei den hektischen, etwas überdrehten Wessis denn überhaupt gefallen? Oder hast du dich bei uns nicht wohl gefühlt. Gib es zu, du warst enttäuscht, wegen der lahmen Silvesterfete. Aber glaub bloß nicht, dass meine Bekannten alle so sind! Der Michael hat es schwer zu Hause. Seine große Schwester spritzt Heroin. Sie war schon zweimal auf Entzug, hat es aber nicht ausgehalten. Die Eltern von ihm schreien nur rum und sind ziemlich ausgeflippt. Mal trennen sie sich, dann kommen sie wieder zusammen. Ich kenne Michael seit der Grundschule. Wir waren zusammen im Flötenkurs. Damals war er anders drauf. Wir haben ständig Quatsch gemacht. Statt zur Musikschule sind wir ins Kaufhaus gegangen, haben uns zwischen den Kleiderständern versteckt oder sind verkehrt herum die Rolltreppe rauf. Bis sie uns erwischt haben. Heute hängt Michael rum, schwänzt die Schule und kommt mit sich selbst nicht klar.

Was schreibe ich hier eigentlich? Ich lasse einfach meine Gedanken wandern (wie beim Telefonieren). Vielleicht sollte ich dir von meinem Geburtstag erzählen. Bloß da gibt es nichts zu erzählen. Ich bin 14 geworden. Toll! Das war's auch schon. So wie ich mit 13 abends eingeschlafen bin, bin ich mit 14 morgens wieder aufgewacht. Das gute Feeling, auf das ich gewartet hatte, ist ausgeblieben.

Vielleicht liegt es daran, weil ich keine Fete gemacht habe. Ich warte auf Holger. Du weißt, dass er mir eine Party versprochen hat. Seit heute ist bei uns wieder Schule. Er müsste deshalb aus den Rocky Mountains zurück sein. Ich hypnotisiere schon den ganzen Nachmittag das Telefon, aber meine übersinnlichen Kräfte scheinen nicht besonders ausgeprägt zu sein. Ich warte und weiß nichts mit mir anzufangen. Ich will hören, wie er mich vermisst hat, jeden Tag und immerzu, dass er gleich als erstes zum Telefon gestürzt ist, um meine Stimme zu hören. Aber vielleicht ist das Flugzeug noch gar nicht gelandet, das ihn mir zurückbringt . . .

Ach, Kai, er ist so süß, und er fehlt mir. Meine Tage bestehen nur noch aus Warten. Das ist wie Weihnachten, wenn man noch ans Christkind glaubt und ganz zappelig auf die Bescherung lauert. Holger ist die schönste Bescherung meines Lebens.

Heimlich, so ganz versteckt in meinem Herzen, hatte ich an meinem Geburtstag schon auf einen Anruf aus den Rockys gehofft. Aber als das Telefon klingelte, war nicht Holger sondern mein Bruder dran. Andreas hat in irgendeinem Kaff in Niederbayern einen Job angenommen und wohnt in einer WG. Wir sollen uns keine Sorgen machen, hat er gesagt. Er ist gut drauf und die Kumpels in Bayern haben echt was los. Nicht nur Bier trinken, Sprüche klopfen und so. „Ach ja, und noch was: Herzlichen Glückwunsch, Schwesterchen. Hätte ich fast vergessen." Dann machte es piep-piep in der Leitung, weil seine Telefonkarte leer war.

Meine Mutter hat sich fürchterlich aufgeregt. „Was macht er ausgerechnet in Niederbayern? Wie ist er denn dahin gekommen? Und was ist das für ein Job? Der Junge kostet mich Nerven! Wird der denn nie vernünftig?" Und dann hat sie mir entgegengeschmettert: „Bei Kai gibt es noch ein richtiges Familienleben. Für Andreas ist das längst ein Fremdwort geworden. Und wir drei gehen auch jeder unsere eigenen Wege. Mehr als eine Wohngemeinschaft sind wir nicht mehr. Was muss Kai für einen Eindruck bekommen haben!"

Und? Was hast du für einen Eindruck bekommen? Schreib's mir bitte. Ich hoffe, du bist nicht zu sehr enttäuscht von den Wessis. Sag mal ehrlich, sind bei euch die Leute anders als bei uns?

♡-liche Grüße deine Tina

Leipzig, den 12. Januar

Liebe Tina,

was machst du dir für komische Gedanken? Wie ein ordentlicher Brief auszusehen hat und was für einen Eindruck ich mit nach Hause genommen habe. Du scheinst nicht gut drauf zu sein, trotz Holger und Herzflimmern.

Deine Briefe bedeuten mir auch ganz viel, weil wir uns alles schreiben können und keine Geheimnisse voreinander haben. Es ist fast wie bei unseren Gesprächen, wenn wir im Bett lagen und das Licht aus war. Erinnerst du dich? Ganz leise haben wir uns gegenseitig erzählt, wie wir uns einen Freund wünschen und wie das mit der Liebe wohl sein könnte. Wir haben uns ausgemalt, wie es sich anfühlt, wenn *Nick Carter* uns küsst und hätten dabei vor Sehnsucht ohnmächtig werden können. Zum Glück lagen wir schon flach. Ach, Tina, manchmal bin ich neidisch auf dich. Wegen Holger. Ich habe noch nie einen richtigen Freund gehabt. Im Traum sehe ich ihn vor mir. Aber wenn ich aufwache, fühle ich mich einsam, weil es eben nur ein Traum war und mich bestimmt nie einer lieben wird. Jedenfalls keiner, der wunderbar ist. Und selbst wenn das Unglaubliche geschähe und er würde mir begegnen, ganz lebendig, leibhaftig, dann würde ich mich nicht mal trauen, ihn anzulächeln. Ich kann nicht so offen auf die Leute zugehen wie du. Ich habe Angst in meinen Gefühlen verletzt zu werden. In meiner Klasse haben schon viele einen Freund. Die reden darüber, verdrehen die Augen, können sich gar nicht wieder einkriegen und ich stehe dabei und weiß nicht, was ich sagen soll.

Bestell bitte deiner Mutter, dass es mir bei euch gut gefallen hat und ich ihr nochmals für alles danke. Ihr könnt so lustig sein, vor allem dein Vater. Er hat nie Ossi zu mir gesagt oder auf die Probleme der Wiedervereinigung angespielt. Andere Leute haben das gemacht. Mit Hingabe! Und Ausdauer. Zuerst fand ich das komisch, später mehr und mehr peinlich.

Und nun fragst du auch, ob die Leute bei uns anders sind als bei euch. Klar, manche. Aber was habe ich damit zu tun? Oder du?

Ein paar Deutsche haben noch immer die Mauer im Kopf, die es schon lange nicht mehr gibt. Der Satz stammt von Bernd. Mein Bruder, der sonst so schweigsam ist, sagt auf einmal solche Sachen. Tina, ich muss dir etwas anvertrauen. Bei uns ist es gar nicht so weit her, mit dem heilen Familienleben, wie deine Mutter meint. Bei uns gibt es genauso Spannungen wie bei euch. Ich darf wieder mal nicht darüber reden. Alle sollen glauben, dass wir glücklich und einer Meinung sind. Aber so ist es nicht. Durch unsere Familie geht ein Riss. Mitten durch.

Auf der einen Seite steht Roland, auf der anderen Bernd. Mein Vater will den Riss nicht, aber er unterstützt Roland in seiner Meinung. Meine Mutter will den Riss schon gar nicht. Doch innerlich hält sie zu Bernd. Und ich? Ich halte mich aus allem raus und habe Angst. Meine Brüder müssen einen tierischen Streit gehabt haben, als ich bei dir war. Da hat sich aller Frust entladen, der schon lange unterschwellig geschwelt hat. Natürlich hatte es was mit Politik zu tun. Und mit Rolands Freundin Tamara.

Die ist knallhart, trampelt mit ihren Stiefeln durch unsere Wohnung und scheint nur schwarze Klamotten zu besitzen. Roland hat sie im November auf einer rechtsradikalen Demo kennen gelernt. Tamara hat ihm den Kopf geschoren, während ich in Köln war. Er soll auch äußerlich zeigen, wo er steht, verlangt sie. Zu Weihnachten hat sie ihm ein SS-Fahrtenmesser mit Blutrinne geschenkt. Seitdem trägt er diesen Dolch ständig bei sich, sogar in der Schule, obwohl das streng verboten ist. Nachts legt er das Messer auf seinen Nachttisch.

Es ist schrecklich, wie sich Roland verändert hat. Er ist verliebt. Das verändert die Menschen, heißt es. Aber darunter hatte ich mir was anderes vorgestellt. Roland hatte schöne hellbraune Locken und war ein bisschen dick. Früher hat er mich an einen Bären erinnert. Jetzt hat er eine Glatze, hungert und joggt seine Pfunde runter. Ich muss an einen Kampfhund denken, wenn ich ihn sehe. Und er findet das auch noch toll!

Meine Brüder teilen sich ein Zimmer. Über Rolands Bett hängt ein Poster mit einem Foto von Rudolf Heß. ‚Ich bereue nichts' steht darauf. Über Bernds Bett hängen Bilder von Gandhi und Albert Einstein neben einem alten DDR-Plakat ‚Schwerter zu Pflugscharen'. Nach der Schule sitzen beide mit verschlossenen Gesichtern am Küchentisch, machen Hausaufgaben und gehen danach ihrer Wege. Roland verbringt mit Tamara die Wochenenden auf nationalen Freundschaftstreffen. Gestern waren beide auf einer Kundgebung gegen Überfremdung. Bernd verbringt seine Freizeit neuerdings in einer Kneipe, wo sich Studenten, Künstler und Ausländer treffen. Bernd will Zeichen setzen gegen rechten Terror, sagt er.

Roland will auch Zeichen setzen, gegen linke Spinner, wie er es nennt. In unserer Wohnung fliegen die spitzen Bemerkungen wie giftige Pfeile durch die Gegend. Es ist kaum auszuhalten.

Meine Eltern kommen mir wie gelähmt vor. Sie beschwichtigen und dämpfen, wo es nur geht. Dafür benehmen sich meine Brüder umso krasser.

Meine Mutter arbeitet seit Jahresbeginn vier volle Tage in der Woche im Bäckerladen. Wenn sie über Mittag nach Hause kommt, gibt's Kuchen. Aber meine Brüder sind immer seltener bei diesem Familienkaffee dabei. Eigentlich ist daran nichts Schlimmes. Auch andere Familien hocken nicht dauernd zusammen. Aber meine Eltern schweigen sich an über ihren Kuchentellern. Es ist kein feindliches Schweigen, eher ratlos und bekümmert. Da vergeht mir der Appetit. Ich nehme mir den Kuchen und verziehe mich damit in mein Kabuff. (Mein Zimmer ist echt nicht mehr.)

Mein Vater räumt die Wohnung auf und legt Monat für Monat eine Haushaltsliste an, um zu sehen, wo das Geld bleibt – das bisschen. Oft kommt Erwin vorbei, bringt ein paar Flaschen Bier mit und dann reden beide über alten Zeiten. Meine Mutter wirkt müde. Früher habe ich sie nie ohne eine Beschäftigung erlebt. Immer lag ein Strickzeug bereit oder sie hat für den nächsten Tag vorgekocht. Manchmal ratterte den ganzen Tag unsere alte Nähmaschine. Meine Mutter kann sehr gut nähen, aber sie hat keine Lust mehr dazu. Jetzt hockt sie vorm Fernseher und wartet darauf, dass es Zeit wird, ins Bett zu gehen.

Tina, wenn das Geld nicht reicht, nicht mal für Hoffnung auf bessere Zeiten, verändert sich eine Familie. Man sollte meinen, dann rücken alle enger zusammen. Aber das Gegenteil ist der Fall.

Wenn ich mit Hausaufgaben fertig bin, setze ich meinen Kopfhörer auf, lese in den vielen Zeitschriften, die du mir mitgegeben hast oder schreibe dir. Dann vergesse ich alles andere um mich herum. Du machst es oft genauso. Trotzdem ist bei euch manches anders als bei uns. Der Kommunismus konnte nicht alle Menschen gleichmachen und die Wende hat das auch nicht geschafft. Aber Katharina aus Leipzig und Katharina aus Köln lassen sich nicht auseinanderbringen. Wir haben mehr Gemeinsamkeiten als nur unseren Vornamen.

♡ ♡ ♡ **Deine Kai**

Köln, Montag, 18. 1.

Hey Kai,

ein langer, trüber Brief von dir! Aber der Schluss ist klasse. Stimmt genau!

Du hattest schon, als du hier warst, angedeutet, dass deine Brüder dauernd politische Diskussionen führen und dich damit nerven. Aber dass es so krass kommen würde, hast du wohl selber nicht geahnt.

Ich packe dir ein bisschen von meiner guten Laune mit in den Brief. Im Augenblick habe ich davon im Überfluss. Bei meinem letzten Brief war ich selber mausgrau drauf. Das lag daran, weil ich ungeduldig auf ein Lebenszeichen von Holger gewartet habe. Ich litt unter Schreckensvisionen, sah meinen Herzbuben unter einer Lawine im ewigen Eis begraben oder mit einem Auto in einen Abgrund rasen. Die hartnäckigste Vorstellung war ein Flugzeugabsturz über dem Meer, Holger versinkt im dunklen Wasser wie Leonardo di Caprio beim Untergang der Titanic. Wie 'ne junge Witwe kam ich mir vor. Das ist jetzt vorbei.

Nachdem ich dir geschrieben hatte, habe ich mich auf mein Bett gelegt und eine Stunde lang die neuen Charts gehört. Schon konnte ich wieder klar denken und wusste, dass ich gegen meine Depressionen etwas unternehmen muss, damit ich nicht selber untergehe. Ich habe mir die Haare gewaschen, blaue und grüne Strähnen rein ge-

färbt und mit viel Spray das Ganze in Form gebracht. Du hättest mich sehen sollen! Blau und grün ist mega geil. Dann habe ich ein paar Leute angerufen und mich mit ihnen in Conys Corner *verabredet. Ins* Tattoo *gehe ich im Augenblick nicht, weil Sabine oft dort hockt. Alle Todesvisionen von Holger und mein Witwenelend waren vergessen. Aber wie das Leben so spielt! Wen sehe ich als erstes, als ich in* Conys Corner *eintreffe? Holger! Na, das war eine Überraschung! Mir hat es glatt die Sprache verschlagen. Holger ist auf mich geflogen, hat mich in die Arme genommen und alle Vorwürfe, die sich bei mir meldeten, sind erstickt, ehe sie mir über die Lippen kamen.*

Am Samstag gibt er die BIG PARTY *für mich. Tausend Leute kommen vorbei, hat Holger behauptet. Ich bin total happy. Schade, dass du nicht dabei sein kannst. Aber ich schreibe dir, wie es war. Vielleicht bringt dich das auf andere Gedanken.*

Ich finde es genauso gut wie du, dass wir uns alles schreiben können. Früher habe ich Briefeschreiben gehasst und fand das irgendwie steif und altmodisch. Sehr geehrtes Fräulein Kai, bla bla bla, Hochachtungsvoll Ihre Tina. – Echt, so haben unsere Mütter noch das Briefschreiben gelernt. Stil und Form war alles. Nur nicht aus dem Rahmen fallen. Ich bin froh, dass ich heute lebe. LEBE!

Noch einen Tipp zum Schluss: Wenn sich die Freundin deines Bruders, diese Tamara, bei euch zu breit macht, dann nimm einen Klebestreifen und schreib darauf: BLACK *is* BEAUTY. *Das klebst du ihr heimlich auf die Jacke oder sonst wohin. Falls sie rauskriegt, dass du das warst, sagst du so naiv wie möglich, das sei nur eine Anspielung auf ihre hübschen schwarzen Fummel. An Neger hät-*

test du wirklich nicht dabei gedacht. Aber die wären doch auch so schön schwarz. Wenn du das bringst, triffst du sie ins Zentrum ihrer nationalen Gefühle.

Versuch es mal. Deine Tina

Leipzig, Freitag, den 22. Januar

Sehr geehrtes Fräulein Tina!

Meinen allerbesten Dank für Ihren Brief vom 18. 1., über den ich mich sehr gefreut habe. Ich befinde mich in guter Verfassung und hoffe ebendies auch von Ihnen. Ihr Vorschlag war ein voller Erfolg. Ich habe zwar keinen Klebestreifen genommen, aber als Fräulein Tamara uns mit ihrem Besuch beehrte, um meinen Bruder abzuholen, habe ich sie von oben bis unten gemustert und „black is beauty“, zu ihr gesagt.

„Hä?“, hat sie gemacht, „bist du pemplem?“

„Nee“, habe ich in aller Bescheidenheit geantwortet, „ich lerne Englisch in der Schule. Das heißt: Schwarz ist schön.“

Sie ist erbleicht und hat hilfesuchend zu Roland geschaut. „Ist deine Schwester doof oder will die mich verarschen?“, hat sie gefragt.

Roland hat sich eine Antwort verkniffen. Er hat Tamara aus der Wohnung geschoben und dabei „hör nicht hin“ gemurmelt. Sie hat sich in der Tür noch einmal nach mir umgedreht und immer noch fassungslos ausgesehen. Sie war echt geschockt, und ich bin fast geplatzt vor Lachen.

Das musste ich Ihnen, verehrtes Fräulein Tina, gleich mitteilen.

Ihrer geschätzten Antwort mit Wohlwollen entgegensehend
verbleibe ich
hochachtungsvoll
Ihre ergebene Katharina Runge

P.S. Fun und Love auf deiner Party!!!
Bin gespannt wie ein Flitzebogen!
Deine Kai

Köln, am Sonntag nach der Party

Kai, Schätzchen, Kätzchen, WOW!

Ich bin überdreht. Und glücklich. Und ausgeflippt. Total high! Total kaputt! Gestern bei Holger – kann ich dir alles schreiben, äh – beichten?

Also, ich fange mal ganz vorne an. Alles fängt vorne an. Oder nicht? Ich muss mich zusammenreißen, sonst verliere ich den Faden. Die Fete: Natürlich hatte der Nobelschuppen nicht nur Bäume im Vorgarten sondern auch einen Partyraum im Keller. Bar, Stereoanlage, Discolight. Schummrig und fetzig zugleich. Alle Typen waren älter und die meisten vom Gymnasium. Ich kannte keinen. Mit den Mädchen dasselbe. Zwei muss ich schon mal irgendwo getroffen haben. Zwillinge, Gundula und Gondola oder Cordula oder Pergola. Na, irgendwie so. Ungefähr so temperamentvoll wie ein, nein, wie zwei Trampeltiere beim Verdauungsschlaf. Im Laufe des Abends kriegte ich mit, dass es sich bei diesen Trampeltierchen um Töchter von einem Geschäftsfreund von Holgers Vater handelt. Sohnemann muss auch schon ran für die gute Zusammenarbeit.

Es gab Kölsch, Cola, Cocktails, Knabberkram für den Bauch und Techno, Rap, Hip Hop und ein bisschen BAP fürs Gemüt. Die Bässe wummerten auf voller Lautstärke. Die Stimmung war von Anfang an bombig. Noch vor Mitternacht tauchten auf geheimnisvolle Weise niedliche kleine Partypillen auf. Die Zwillinge hielten die

Hand auf, als würden gerade Gummibärchen verteilt. Bei mir bimmelten die Alarmglocken. Ecstasy, Amphetamine oder was? Man lernt in der Schule zum Glück auch was fürs Leben. Ich war also gewarnt.

Jeder bediente sich mit den kleinen bunten Smarties. Auch der liebe Holger. Er hielt mir die Dingerchen hin und grinste cool. In meinem Kopf brach ein mittleres Beben aus. Sämtliche guten Vorsätze, Warnungen, Ängste wirbelten durcheinander, dazu kam 'ne riesen Portion Lust und Neugierde. Himmel, was ging hier ab? Da sagte der liebe Holger: „Lass es. Du bist noch so jung."

Kai, SO JUNG, das klingt wie ZU JUNG, wie Kindergarten, wie Babyliga. Alle Warnsignale hatten auf einmal Kurzschluss. Ich schnappte zu, ehe dieses Abenteuer an mir vorbeiging. Dabei war ich schon von den Coctails und der Musik total aufgekratzt. Mein letzter Gedanke war: Jetzt versinkst du im Drogendschungel. Das ist dein Ende.

Aber dann setzte etwas ein: Es war irre, es war geil, es war mega! Ich war ganz klar im Kopf und dabei cool ohne Ende. Ich habe getanzt wie noch nie in meinem Leben. Sonst geht mir immer schon nach kurzer Zeit die Puste aus. Aber mit dem Zeug im Blut war das überhaupt kein Problem.

Die Trampeltierchen verwandelten sich in Raubkatzen. Ab Mitternacht hatte ich sie richtig gern.

Holger ist wie ein Magnet auf mich geflogen und kam gar nicht mehr los. Kai, selbst jetzt, Stunden später, kriege ich die Füße noch nicht wieder fest auf die Erde. Mir ist, als ob ich Watte unter den

Schuhsohlen hätte. In meinen Ohren saust der Sturmwind. Wenn ich jetzt die Arme ausbreite, hebe ich ab auf Nimmerwiedersehen.

Bitte, verschone mich mit Vorwürfen. Ich weiß, was du denkst. Und du hast Recht. Aber es ist nun mal geschehen und noch viel mehr. Holger und ich ... Es war zum Verrücktwerden. Er wollte mit mir schlafen, oben in seiner Wohnung, während die Party im Keller weiterging. Ich habe mich gewehrt, weil er gleich alles wollte. Schließlich haben wir Petting gemacht. Er hatte Erfahrung und hat es mir gezeigt. Ich habe es erlebt, wie abgerückt von mir selbst.

Jetzt, wo die Wirkung langsam nachlässt und mir ein böser, fetter Kater im Nacken sitzt, denke ich, es wäre ohne Droge ehrlicher gewesen. Wir waren so elektrisiert, dass wir gar nicht wir selbst waren. Aber es hat mir die Hemmungen genommen. Der Sprung – weißt du noch? An meinem Geburtstag war da nichts. Aber jetzt bin ich gesprungen, geflogen ... mit Holger. Bis in den Himmel. Oder in die Hölle. Ich kann das gar nicht unterscheiden.

Ich weiß nicht, wann ich nach Hause gekommen bin. Spät oder früh, es war alles dasselbe. Auf Samtpfoten bin ich durch die Wohnung geschlichen, damit meine Eltern bloß nicht aufwachten. Obwohl ich die ganze Nacht durchgemacht hatte, war ich noch immer hellwach. Ich kam mir vor, wie auf 'nem Fahrrad bei der Tour de France. Ich konnte irgendwie nicht mehr anhalten, alles raste weiter, immer schneller und ich wurde mitgerissen. Auf einmal hatte ich eine Vision von meinem eigenen Kopf. Ich sah in Zeitlupe wie er in tausend Stücke auseinanderfliegt. Da bekam ich furchtbare Angst.

Aber nun schlaffe ich doch ab. Ich habe mich noch nie so leer und ausgelutscht gefühlt. Mein Kopf hämmert zum Zerspringen. Ich kann mich auf keinen Satz mehr konzentrieren . . . Vielleicht schlafe ich endlich, endlich ein.

Tina – kaputt ☹

Leipzig, 26. Januar

Liebe Tina,

um Himmels willen! Bist du wieder normal? Hast du deinen Drogenrausch heil hinter dich gebracht? Ein Junge an unserer Schule ist auf so einem Pillentrip hängen geblieben. Der ist in einer Nervenklinik gelandet. Neulich stand was bei uns in der Zeitung, von einem Paar, das Alkohol und Tabletten geschluckt hatte. Die beiden sind elend krepiert. Sie müssen schreckliche Krämpfe gehabt haben. Als man sie fand, waren sie ganz verrenkt.

Tina, lass es. Was hast du von einem geilen Feeling, wenn du hinterher in ein schwarzes Loch fällst oder sogar verrückt wirst? Haben deine Eltern wirklich nichts gemerkt?

Und jetzt schreibe ich dir noch was, auch auf die Gefahr hin, dass du beleidigt bist. Auf deinen blöden Holger habe ich eine Scheißwut. Der Typ ist nicht echt. Bestimmt hat er solche Spielchen auch mit Sabine gemacht. Frag ihn doch mal, ob er auch mit ihr Partypillen geschluckt hat. Vielleicht braucht er das, um sich an Mädchen ranzumachen. Beim ersten Mal hat jeder Hemmungen. Klar! Aber für ihn war es nicht das erste Mal, wie du selbst festgestellt hast.

Tina, sei bitte nicht böse über das, was ich von Holger denke. Es geht mich eigentlich nichts an, was du mit deinem Freund machst oder er mit dir. Aber, wenn wir wirklich Freundinnen sind, muss ich dir meine Meinung sagen dürfen, auch wenn sie dir nicht passt. Du hast was Besseres verdient, als diesen Schicki-Micki-Knaben, der alles hat, bloß kein Verantwortungsgefühl!

Ich breche den Brief lieber hier ab, sonst geht unsere Freundschaft auch zu Bruch. – Wie zwischen Sabine und dir. Denk trotzdem mal darüber nach.

Und pass auf dich auf!!!
Deine Kai

Köln, 19. 1.

Hallo Kai,

habe deine Briefe vom 22. und 26. erhalten. Zum 1. herzlichen Glückwunsch zu deinem gelungenen Schlag gegen Tamara. Zum 2. beruhige dich, ich bin wieder normal.

Ich weiß selber, dass Drogen crazy sind. Du brauchst wirklich nicht die Horrorfälle aus der Zeitung zu zitieren, um mich aufzuklären. Ich kann auf mich selber aufpassen! Schließlich wohne ich in einer Großstadt. Wenn ich nicht auf Zack wäre, würde ich dauernd in irgendeinen Schlamassel hinein geraten. Überall lauern Gefahren. Du musst einen Instinkt dafür entwickeln, zu verschwinden, ehe du eins aufs Maul kriegst oder in der Schule fertig gemacht wirst. Keiner sagt dir, ob du besser die Straßenseite wechselst, weil ein paar Macker dich ungeniert mit den Augen ausziehen oder ob du rotzfrech auf die zugehst. Das musst du selber herausfinden. Überall lauern Dealer. Bei uns in der Schule kriegst du Ecstasy und Hasch so viel du willst. Die Lehrer merken angeblich nichts davon. Mich schützt keiner. Das muss ich schon selber übernehmen.

Ich kenne einen Jungen, der ist erst 13. Nach der Schule geht er als Drug-Runner auf die Domplatte. So heißen bei uns die Kids, die Stoff verkaufen. Die Polizei kann ihnen nichts anhaben, weil sie noch nicht strafmündig sind.

Aber du kannst beruhigt sein, ich habe nicht vor, im Drogensumpf zu versinken. Meinst du, ich bin lebensmüde? Jetzt weiß ich, wie diese Partydroge bei mir wirkt. Die Erfahrung war wichtig für mich. Ich wollte mitmachen, weil alle an dem Abend so drauf waren und weil ich, als Holgers neue Freundin, nicht wie ein Unschuldslamm neben ihm stehen wollte. Ja, ich gebe zu, ich wollte cool und abgebrüht erscheinen. Trotzdem werde ich in Zukunft die Finger davon lassen. Versprochen!

Nun zu deinen überspitzten Vorwürfen gegen Holger. Klar, du bist meine Freundin. Ich bin dir nicht böse. Aber ich bitte dich, halte dich da raus. Holger passt zu mir. Würde ich sonst so glücklich sein? Was er mit Sabine gemacht hat, weiß ich nicht. Ich will es auch nicht wissen. Jungens, die über ihre vergangenen Beziehungen plaudern, kann ich nicht ausstehen. Es hat nicht mehr gestimmt zwischen den beiden, warum auch immer. Zwischen uns stimmt es. Nur das zählt. Kai, glaub mir, verliebt sein ist mega. Ich bin schon 6 Wochen mit ihm zusammen und es prickelt noch wie beim ersten Mal. Der Junge hat was, das kann ich nicht beschreiben. Ich wünsche dir, dass du die Liebe auch bald erlebst, so wie ich.
Und noch eins: Nenne ihn nie wieder einen Schicki-Micki-Knaben!

Tschau, du da in Leipzig. Mach dir keine Sorgen um mich. (Das erledigt schon meine Mutter.)

Bis zum nächsten Brief.
Deine Tina

Leipzig, 1. Februar

Hallo Tina,

ich bin froh, dass du fast nicht eingeschnappt bist, weil ich was gegen Holger geschrieben habe. Okay, ich halte mich da raus. (Auch wenn es schwer fällt.) Ich wünsche dir doch nur, dass du nicht von ihm enttäuscht wirst. Du bist so süß verliebt. Glaubst du etwa, ich gönne dir deinen Freund nicht und bin neidisch?

Wie sieht er eigentlich aus, dein Lover? Du hast mir in Köln kein Foto von ihm gezeigt. Beschreib ihn doch wenigstens mal. Mein Traummann müsste Humor haben, blond wäre nicht schlecht, aber keine Bedingung. Und er müsste die gleichen Interessen haben wie ich, nicht nur über Fußball reden oder so glatzenmäßig drauf sein.

Auf der Straße, vor meinem Fenster, sehe ich gerade den Jungen aus dem Nachbarhaus, der mich früher immer geärgert hat. Jetzt ist er fett geworden. Er dreht ein paar Runden um den Block auf seinem Mofa. Das macht er öfter. Scheint seine Lieblingsbeschäftigung zu sein. Kein Traummann, eher der leibhaftige Alptraum.

Ich gehe zu selten weg, um einen Freund zu finden. Meiner Mutter ist auch schon aufgefallen, dass ich dauernd zu Hause rumhänge. Sie liegt mir in den Ohren, ich soll in einen Sportverein eintreten. (Allerdings nicht, um dort einen Freund zu finden.)

Du nimmst dein Leben so richtig in beide Hände. Hast dauernd was vor. Kennst keine Hemmungen. Immer in action, immer gut drauf. Ich kriege das nicht hin. Dabei spüre ich, dass was geschehen muss mit mir. Ich will anders sein, bin es eigentlich schon längst. Aber ich kann nicht aus mir heraus. Alle sehen noch immer in mir die kleine Kati. Nur für dich bin ich Kai.

Mit meinem langweiligen Pferdeschwanz und meiner dicken Nase sehe ich wahrscheinlich mit fünfzehn noch wie zwölf aus. Du wirkst älter als vierzehn, weil du groß bist und diesen kurzen Fransenhaarschnitt hast. Und immer moderne Klamotten. Das macht viel aus. Ich kann mir das nicht leisten. In meiner Freizeit bleibt mir nur meine Musik, die Bücher aus der Bibliothek – und meine Oma.

Ja, wirklich, ich bin sehr gerne bei meiner Oma. In ihrem kleinen Häuschen hat sie lauter tolle Sachen von früher. Braune Fotos von längst verstorbenen Verwandten, die alle ein bisschen wie *Charlie Chaplin* aussehen. Sie hat Kleider mit verblichenen Spitzen oder Rüschen und die verrücktesten Hüte, die man sich vorstellen kann. Sogar der Kinderwagen, in dem sie selber mal gelegen hat, steht bei ihr auf dem Speicher. Außerdem hat sie Schachteln voll Inflationsgeld, Orden, Schnallen, Postkarten und Briefe in einer Schrift, die heute kein Mensch mehr schreibt. Bei meiner Oma auf dem Dachboden komme ich mir vor wie in einer versunkenen Zeit. Weißt du, was ich da neulich gefunden habe? Eine Ansichtskarte von der Original Titanic. (Die ist bestimmt sehr wertvoll.) „Es lockt die neue Welt!“, steht auf der Rückseite. Und dann noch Grüße an eine Familie Fleischhauer. Unterschrieben hat ein Heribert von Wandersleb. Meine Oma kann sich leider nicht mehr erinnern, wer das war. Vielleicht ist er auch untergegangen bei dem großen Unglück. Echt, das hat mich richtig berührt.

Jetzt aber wieder in die Gegenwart zurück! Ich muss was für die Schule tun, obwohl ich überhaupt keine Lust habe. Null Bock auf gar nichts. Drei!!! Arbeiten sind in den nächsten Tagen fällig. Das Zeugnis zur Schuljahresmitte steht an. Und einkaufen muss ich auch noch.

Draußen schneit es in dicken Flocken. Man spürt die Kälte bis in die Wohnung. Der Winter ist nicht meine Zeit. Manchmal denke ich mir komische Sachen aus, etwa wie das wohl wäre, wenn die Menschen Winterschlaf halten würden. Am 1. Dezember verkriechen sich alle und kommen so um den 15. April wieder hervor. Das wäre DIE RETTUNG für die Umwelt! Drei bis vier Monate keine Autoabgase, kein Müll, kein Krieg, keine Dealer, keine Schule. – Irre, was?

Hat sich dein Bruder wieder gemeldet? Schreib mir alles, was bei dir los ist.

Deine Kai

Köln, 4.2.

Hey Kai,

du willst wissen, was bei mir los ist? – Der Bär ist los!

In der Schule dasselbe wie bei dir. Die letzten Arbeiten in Mathe, Deutsch und Englisch vor den Zeugnissen. Ich hoffe, du hast deine drei Klassenarbeiten inzwischen gut hinter dich gebracht.

Am liebsten möchte ich morgen gar nicht in die Schule gehen. Aber meine Mutter kennt kein Erbarmen. Dabei macht sie im Augenblick selber blau. Sie ist krankgeschrieben – Grippe. Aber das Virus ihrer Krankheit heißt ANDREAS*. Davon bringt mich keiner ab.*

Vorgestern Nachmittag, so gegen fünf, klingelt es bei uns. Zwei Polizeibeamte stehen vor der Tür und fragen ganz freundlich, ob sie reinkommen dürfen. Im Wohnzimmer fingen sie an zu fragen, ob wir wüssten, wo sich Andreas aufhält, seit wann er nicht mehr zu Hause wohnt, ob es in letzter Zeit Erziehungsprobleme gegeben hätte und so komische Sachen mehr. Schließlich zeigen sie uns ein Foto, das offensichtlich bei Dunkelheit aufgenommen worden ist. Darauf konnte man mehrere Gestalten auf einer Straße sehen. Im Vordergrund einer, ganz groß, schwarze Maske vor dem Gesicht und eine Pechfackel in der erhobenen Rechten. Dahinter ein Auto, an dem sich drei andere zu schaffen machen. Dann sieht man noch eine Fackel, die brennend auf der Straße liegt und Beine von einem, der vermutlich gerade wegrennt.

Die Bullen wollten wissen, ob einer der Männer auf dem Foto Andreas sei. Mama guckte sich das lange an und schüttelte dann den Kopf. Sie gab mir das Foto und sagte: „Keiner von denen ist dein Bruder. Bestimmt nicht." Das Foto war nicht allzu deutlich, aber Andreas, im Hintergrund, habe ich erkannt. Und Mama hat ihn auch erkannt.

Wir haben gefragt, warum sie damit zu uns gekommen sind, aber die Beamten hielten sich bedeckt. Sie wollten nicht mal sagen wo und bei welcher Gelegenheit das Foto aufgenommen worden ist. Es wäre gut, wenn sich Andreas melden würde, sobald er wieder in Köln ist, sagten sie noch und verabschiedeten sich dann.

Meine Mutter hat sofort meinen Vater angerufen. Der hat sich freigenommen. Krisensitzung. Ich wollte unbedingt mit Holger reden. Aber dauernd war das Telefon bei ihm besetzt. Da bin ich zu ihm gelaufen. Eisiger Schneeregen schlug mir entgegen. Aus der Sprechfunkanlage am hohen, spitzen Gartenzaun fragt mich 'ne Stimme: „Sie wünschen?" Ich: „Zu Holger." Die Stimme: „Ihr Name, bitte." „Tina", brülle ich in die Anlage. Die Stimme: „Warten Sie."

Und dann stand ich vor dem Gitter und wartete. Kennst du das Gefühl, wenn sich die Zeit dehnt und du mit jedem Luftholen kleiner wirst? Ich kam mir schon wie ein Eiszapfen vor. Dieses Haus hinter seinem spitzen Zaun guckte mich an, als wollte es mich gar nicht hereinlassen. Endlich surrte aber doch der elektrische Türöffner. Holger erschien oben an der Treppe und guckte genauso ablehnend wie das Haus. „Es geht jetzt nicht, wir haben Besuch", sagte er steif. Und ich: „Nicht mal zehn Minuten?" Holger ganz förmlich: „Im Moment leider nein, ich rufe dich an. Tschau!"

Mein Herzbube ließ mich einfach stehen. Ich tappte die Treppe runter. Hinter mir klickte die Gittertür zu und ich stand wieder auf dem Bürgersteig.

Mensch, Kai! Mein Bruder ist in was verstrickt. Bei uns zu Hause sitzen zwei Bullen auf dem Sofa. Meine Eltern halten eine Krisensitzung ab und Holger hat nicht einmal zehn Minuten Zeit für mich.

Schreib bitte nichts dazu. Behalte deine Meinung für dich. Ich habe schon genug ausgestanden. Lies lieber, wie es weitergeht.

Ich bin durch die Straßen geirrt. Meine Gedanken drehten sich immerzu um die Frage: Was hat mein Bruder mit den Typen auf dem Foto zu tun? Haben wir uns vielleicht doch getäuscht? War das gar nicht Andreas? Aber warum meldet er sich nicht bei uns? Andreas war nie zackig, fanatisch oder politisch. Er war nie kriminell. Und jetzt? Was weiß ich eigentlich von meinem Bruder, von seinen Wünschen, seinen Ängsten, seinen Hoffnungen, seinem Frust? Klar, ich weiß, dass er mit zwölf davon träumte, Profifußballer zu werden, mit vierzehn eine Band gründen wollte, mit sechzehn am liebsten Hamburger von McDonald's aß. – Und mit achtzehn? Was sucht er, irgendwo in Bayern, bei Kumpels, die mehr können als Bier trinken und Sprüche klopfen? Ja, was denn? – Ich weiß es nicht. Mein Bruder ist mir fremd.

Kai, das hat mich umgehauen. Ich war so durcheinander, dass mir die Tränen kamen. Ich musste mit jemandem reden!

Ohne es zu bemerken, tappte ich inzwischen die Straße runter, in der Sabine wohnt. Ich hatte es nicht beabsichtigt. Mir wurde noch elender zu Mute. Ihr beleidigtes Schweigen, ihre Wut auf mich, das ganze mega große Missverständnis, das konnte ich nicht mehr aushalten. Da bin ich zu ihr, habe geklingelt und gewartet, was geschieht. Ihre Mutter kam an die Tür. „Komm rein", sagte sie, „du siehst ja zum Fürchten aus. Bine ist in ihrem Zimmer."

Ich bin da rein getrampelt. „Ehe du mich rausschmeißt, gehe ich freiwillig wieder", hab ich fairerweise gleich angeboten. Aber Sabine hat mich nur groß angeschaut und nichts gesagt. Ich hab mich auf ihre Bettkante gehockt, ganz vorne, wo's unbequem ist und am Po drückt. Erst nach einer ganzen Weile habe ich losgeblubbert, alles durcheinander. Aber Sabine hat es schon auf die Reihe gebracht. Ich bin den ganzen Abend bei ihr geblieben. Zwischendurch habe ich kurz bei uns zu Hause angerufen, damit meine Mutter beruhigt war. Sabine hat Pizza in die Mikrowelle geschoben. Die haben wir dann in ihrem Zimmer gegessen und dazu Apfelsaft getrunken. Ein bisschen war es wie früher.

Wir haben über Andreas geredet, über ein paar Jungen an unserer Schule, die mit Springerstiefeln und kahlgeschorenen Köpfen durch die langen Flure marschieren, immer zu mehreren. Und alle weichen ihnen aus. Wir haben über Geld und Klamotten, Kino und die neusten Charts geredet, sogar über dich. Nur Holger haben wir ausgeklammert. Keiner hat sich getraut, davon anzufangen. Wie ein Kloß saß mir das Thema im Hals, aber ich habe es nicht über die Lippen gebracht. Und ich bin sicher, Sabine ging es genauso. Holger ist unser Tabu-Thema. Wir haben uns ausgesprochen, über alles – außer über IHN ...

Ein langer, langer Brief. Ich musste das loswerden. Jetzt bin ich hundemüde. Sei nicht böse, dass ich auf deinen Brief gar nicht ein-

gegangen bin. Du bist auch nicht gerade in guter Stimmung. Ich rufe dich morgen Abend an. Jetzt schläfst du bestimmt schon. Es geht auf Mitternacht zu.

Gute Nacht, Kai. Der Wecker morgen früh kennt kein Erbarmen.

Deine Tina

Leipzig, 9.2.

Ach, Tina, was für eine Aufregung!

Gestern war ich total überrascht, als du anriefst, denn ich hatte deinen Brief noch gar nicht bekommen.

Leider konnte ich nicht frei sprechen. Unser Telefon steht auf dem Flur. (Wir haben kein Handy.) Aus jedem Zimmer kann man mithören. Meine Mutter saß am Küchentisch. Bernd machte Schulaufgaben und im Wohnzimmer stritten sich Tamara und Roland.

„Na, hat deine Wessi-Freundin zu viel Geld?", fragte mich Tamara, als ich den Hörer aufgelegt hatte. Als ob sie das was anginge! Sie suchte ganz offensichtlich einen Grund, um von sich und ihrem neuen Outfit abzulenken. Denn darum drehte sich der Streit. Zu den Stickern in den Ohren hatte sie sich noch einen Ring durch die rechte Augenbraue piercen lassen.

Piercen ist hier die große Masche im Augenblick. Bei manchen sieht es sexy aus. Tamara wirkt dadurch aber noch borstiger, als sie eh schon ist. Roland hält piercen für undeutsch und nannte es Punkermode.

Das konnte Tamara nicht auf sich sitzen lassen. Erst kriegt sie von mir zu hören, dass black beauty ist, dann erzählt ihr Roland, dass sie wie eine Punkerin aussieht, und Bernd ist ihr ganz verdächtig.

Mit ihm würde sie am liebsten einen Privatkrieg anfangen. Während dieses Streites haben wir telefoniert. Du kannst dir jetzt sicher vorstellen, warum ich nicht offen reden konnte.

Meine Mutter hat gleich gefragt, ob es einen besonderen Grund für deinen Anruf gab, ob was Schlimmes vorgefallen sei. Sie hat einen guten Riecher für Familienkatastrophen. Ich habe aber so getan, als sei alles in bester Ordnung. Sie hat auch nicht weiter nachgehakt, weil der Krach mit Tamara kurz vor dem Siedepunkt stand.

Meine Mutter fragt auch sonst manchmal nach euch. Sie will dann wissen, wie ihr eingerichtet seid und wie viel Platz in eurer Wohnung ist. Sie träumt von einer modernen Neubauwohnung. In Leipzig gibt es genug davon. Viele stehen leer, weil die Mieten so hoch sind. Ich glaube, meine Mutter fühlt sich manchmal beschämt oder so was. Sie denkt, bei euch ist alles heile Welt, weil deine Mutter Arbeit hat und dein Vater auch. Leute mit einem geregelten Einkommen haben keine Probleme – oder fast keine. Wenn ich ihr erzählen würde, dass bei euch die Polizei war und dass dein Bruder gesucht wird, bricht ihr schönes Wessi-Bild zusammen.

Glaubst du, dass Andreas zu einer rechtsextremen Gruppe gehört? Hat er irgendwann mal eine Andeutung gemacht? Bei Roland wussten wir Bescheid, lange bevor ihm Tamara die Locken abgeschnitten hat.

Es steht jetzt fest, dass er von der Schule abgeht, weil er das Abitur doch nicht schafft. Eine Klasse wiederholen will er auf keinen Fall. Er hat einen Ausbildungsplatz als Starkstromelektriker in

Aussicht. Damit wäre er zufrieden, weil er gleich Geld verdient. Mein Vater meint auch, das sei ein guter Beruf. Elektriker würden immer gebraucht. Jetzt hoffen wir alle, dass es auch wirklich klappt mit der Ausbildung.

Etwas habe ich in deinem Brief nicht ganz verstanden. Ist Sabine nun wieder deine Freundin oder nicht? Was habt ihr über mich geredet? Ich erzähle in meiner Klasse nichts über dich. Da kannst du Gift drauf nehmen. Mädchen tratschen gern über andere. In meiner Klasse regt mich das total auf. Ich will nicht, dass zwischen uns auch so ein hinter-dem-Rücken-Gequatsche anfängt.

Schluss für heute. Bis bald.
Deine Freundin Kai

Köln, 12.2.

Kai-Schätzchen! Bist du eifersüchtig oder was?

ICH QUATSCHE NICHT ÜBER DICH! *Dir vertraue ich an, was bei uns zu Hause abgeht und wie süß Holger ist. Nur dir! Du weißt mehr von meinen Gefühlen und geheimsten Gedanken als irgendjemand sonst. Ich habe Sabine nicht erzählt, was in deinen Briefen steht, so hinter dem Rücken, wie du das nennst. Sie hat nur gefragt, ob wir noch Kontakt haben. Da habe ich ihr erzählt, dass wir uns wie wild Briefe schreiben und ich das ganz toll finde.*

Ich weiß nicht, ob Sabine wieder oder noch oder nie mehr meine Freundin ist. In der Klasse reden wir miteinander und in der Pause stehen wir zusammen auf dem Schulhof. Gestern kam sie auch seit langem wieder einmal für zwei Stunden zu mir nach Hause. Wir haben zusammen gelernt. So wie früher. Aber als wir fertig waren und ich ihr noch ein neues Computerspiel zeigen wollte, hat sie den Kopf geschüttelt, ihre Sachen genommen und ist gegangen. – Als ob wir uns nichts zu sagen hätten.

Mach dir also keine Gedanken wegen Sabine. Deine Mutter hat Recht. Du sitzt zu oft allein zu Hause und grübelst. Das kenne ich. War bei mir genauso mit 13. Man weiß nichts mit sich anzufangen und zerquält sich das Hirn. Mit 14 hast du's hinter dir. Dann lachst du nur noch darüber. – Bis zur nächsten Krise.

Die beste Medizin, die es dagegen gibt, ist Ablenkung. Was machen denn die anderen Mädchen aus deiner Klasse? Die können doch nicht alle doof sein. Lade mal ein paar zu dir ein oder geh mit ihnen ins Kino. (Im Augenblick laufen gleich mehrere himmlische Liebesfilme.) Was ich hier schreibe, klingt vermutlich wie Tante Tinas Lebenshilfe, ist aber nicht so gemeint. Nur Schule und Familie wäre mir zu einseitig. Ich könnte das nicht aushalten. Kommst du in den Osterferien wieder zu mir? Das fände ich toll!

Ist dir schon aufgefallen, dass unsere Mütter sich ziemlich ähnlich sind? Beide haben Angst, sie machen was falsch und andere Mütter kriegen das besser hin mit der Erziehung und so. Meine denkt, bei euch sei alles Friede, Freude, Eierkuchen und deine stellt sich vor, wir sind die Superfamilie, weil meine Eltern beide Arbeit haben. Witz! Mutterwitz!

Aber nun zu den neusten Ereignissen bei uns: Von Andreas keine Spur, kein Anruf, nichts. Meine Eltern konnten es nicht lassen, sein Zimmer gewaltsam zu öffnen. Sie vermuteten irgendwas Verbotenes, vielleicht auch einen Hinweis, wo er jetzt sein könnte. Ich habe auf rechtsradikales Material getippt.

Aber Fehlanzeige! Kein Hakenkreuz, kein Hitlerbild, keine Adresse. Es roch staubig und ungelüftet. Meine Mutter regte sich auf, weil sein Bett zerwühlt war. Originalton: „Verschwindet spurlos und macht noch nicht mal sein Bett." (Mutterwitz) Sie grub den Inhalt von seinem Schreibtisch um und machte im Kleiderschrank noch mehr Unordnung, als da schon war. Mein Vater stand nur dabei und wartete, dass sie eine Granate aus der Schublade zog oder Heroin im Malkasten entdeckte. Irgendsowas jedenfalls. Sie fand aber nichts. Außer einer leeren Whiskyflasche, einem Porno-

heft und vielen Reiseprospekten waren da absolut keine Geheimnisse. Unter der Matratze, im Regal, hinter der Musikanlage nichts als Staubflocken, Bleistiftstummel, leere Spraydosen, Autozeitschriften, zerbrochene CD-Hüllen und auf der Fensterbank eine vertrocknete Jucapalme. In einem hilflosen Wutausbruch riss Mama ein Poster von der Wand und zerfetzte den schönen Truck, als sei er das Abbild des Teufels.

Andreas, ihr Liebling, ihr Sohnemann, ihr Sorgenkind! Sie redete sich ein, dass sie als Mutter versagt hat und Papa ihm kein gutes Vorbild war. Ich bin geflüchtet, Kai. Solche Szenen kann ich nicht aushalten. Immer diese Aufregung um Andreas. Als ob er ein Baby wäre!

Am nächsten Tag, als meine Eltern nicht zu Hause waren, bin ich allein in das „Baby-Zimmer" gegangen. Die vielen Reiseprospekte hatten mich stutzig gemacht. Ich habe ein bisschen darin geblättert. Dabei fand ich eine Anzeige, die aus einer Tageszeitung herausgerissen war. ‚Pioniere, auf nach Kanada! Tausende von Bäumen warten darauf, dass du sie pflanzt', stand da.

Ob Andreas nach Kanada auswandern will? Kurz bevor er von der Schule abging, hat er gesagt, dass er in Deutschland keine Perspektive für seine Zukunft sieht. Das hat mich damals gewaltig beeindruckt. Es klang so, als ob er den großen Durchblick hätte, während ich nicht mal wusste, wovon er überhaupt redete. Aber was wir auf dem Polizeifoto gesehen haben, war bestimmt keine Baumpflanzaktion. Vielleicht hat er sich in etwas hineinziehen lassen, weil ihm die Kumpel wichtiger waren als die Sache selbst. – Ich weiß es nicht.

Na, wenigstens seid ihr eine Sorge los, wenn Roland einen Ausbildungsplatz bekommt. Hoffentlich klappt es. Hat er sich wieder mit Tamara versöhnt? In Köln lassen sich auch viele Jungen und Mädchen piercen. Es ist absolut in. Bei einigen sieht es echt geil aus, bei anderen eher wie eine Beschädigung. Viele lassen sich auch dort piercen, wo man es nicht sieht. Das sind dann die kleinen Überraschungen bei der Liebe und so. Ich habe für mich beschlossen, dass ich das nicht brauche.

Mit Holger habe ich mich ausgesprochen. Es tut ihm schrecklich Leid, dass er nicht für mich da sein konnte, als ich ihn so dringend gebraucht hätte. Er hat mich ganz lieb angesehen und gemurmelt, dass er doch keine Geschwister hat und deshalb nicht ahnen konnte, was ich durchmache. Außerdem hatte seine Mutter Geburtstag und ein Geschäftsfreund aus Hongkong war zum Tee gekommen.

Geschäftsfreund aus Hongkong zum Tee. Irre, was?

In den vergangenen zwei Tagen haben wir beide für die Schule gebüffelt. Aber am Samstag, Sonntag und Rosenmontag wollen wir zusammen sein und feiern. Bei uns in Kölle geht der Karneval ab.

Feiert ihr in Leipzig auch?

♡-lichst deine Tina

Leipzig, 18. 2.

Hallo Tina,

ich habe im Fernsehen einen Ausschnitt vom Kölner Karneval gesehen. Dich habe ich allerdings in der Menschenmenge auf den Straßen nicht finden können. Trotzdem kann ich mir gut vorstellen, wie du da lustig verkleidet mitgefeiert und geschunkelt hast. Bei uns wird im Kindergarten und ein bisschen auch in den Schulen gefeiert. Aber einen großen bunten Umzug wie bei euch gibt es nicht. Dafür haben wir im Augenblick eine ganze Woche Winterferien. So was gibt's bei euch wieder nicht.

Damit ich die schulfreie Woche nicht nur zu Hause herumhänge und meine Nase in Büchern vergrabe, habe ich Bernd gefragt, ob er mich mitnimmt, wenn er ins *naTo* geht. Das ist ein Kulturzentrum im Süden von Leipzig, wo immer eine Menge los sein soll. Bernd ist oft dort. Er hat mir auch von der *Lichtwirtschaft* erzählt. „Ist 'ne tolle Kneipe“, hat Bernd gesagt. „Kannst ruhig mitkommen.“

Ich hab mich schon gefreut und gleich beim Abendessen meine Eltern gefragt, ob ich darf. Da fängt Roland an zu mosern. „In der *Lichtwirtschaft* treiben sich Punker und Autonome rum. Und das *naTo* ist auch so ein linker Schuppen. Ich nehme sie mit in den Jugendclub.“

Ohne es zu wollen, hatte ich damit wieder die Politik auf den Tisch gebracht. Meine Brüder fingen sofort an, darüber zu diskutieren, was für die kleine Kati gut und richtig ist.

Da bin ich ausgerastet. „Spinnt ihr?“, habe ich gebrüllt. „Ich kann selber entscheiden, was ich will. Ich brauche eure Nachhilfe nicht!“

Meine Mutter lächelte mich an und sagte: „Bravo! Männer wissen alles besser und wollen uns immer sagen, wo's langgeht. Nicht mit uns! Was hältst du davon, wenn wir ins Kino gehen und vorher in einem gemütlichen Café eine heiße Schokolade trinken?“

Ich habe zugestimmt. Aber kurz darauf kamen mir schon wieder Bedenken. Es ist nicht das, was ich wirklich will. Ich will die Dinge allein regeln, die mir wichtig sind. Meine Brüder sollen sich da raushalten. Und meine Eltern auch. Du schaffst das super, hast einen Freund, deine Clique und weißt immer was mit dir anzufangen. Ich kriege das irgendwie nicht hin. Erst finde ich es in Ordnung mit meiner Mutter ins Kino zu gehen, dann komme ich mir wie ein Kleinkind vor, das noch die Mami braucht. Und die Selbstzweifel drehen mal wieder Schleifen in meinem Kopf.

Natürlich gibt es in meiner Klasse nicht nur Doofe. Ich könnte mitmachen, wenn die andern was unternehmen. Aber wenn ich fehle, vermisst mich auch keiner. Ich hinterlasse nirgendwo eine Lücke. Da kann ich doch gleich zu Hause bleiben.

Heute bin ich mal wieder erkältet. Das dritte Mal in diesem Winter. Mit mir ist nichts mehr los. Ich höre Musik, hocke vor dem

Fernseher und habe eigentlich zu gar nichts Lust. Meine Eltern gehen zur Zeit jeden Tag in der Früh aus dem Haus. Meine Mutter arbeitet in ihrer Bäckerei, mein Vater renoviert bei einem Bekannten die Wohnung. Meine Brüder verlassen nach einem späten Frühstück meistens auch die Wohnung. Bernd schweigt sich aus, wohin er geht. Roland trifft sich mit Tamara. Sie haben sich wohl wieder versöhnt. Tamara hat noch immer den Ring in ihrer rechten Augenbraue. Was Roland davon hält, scheint ihr egal zu sein. Manchmal kommt sie mir vor wie ein bissiger Straßenköter. Aber sie hat wenigstens ihr Rudel gefunden.

Ich beneide dich, Tina. Du machst dir das Leben einfach. Alle mögen dich, rufen an und wollen sich mit dir treffen. Bei mir ist das anders. Ich kann nicht so offen auf die Leute zugehen wie du. Ich mache mir Gedanken über meine unmodernen Klamotten und darüber, wie mich die andern finden. Ich mache mir auch Gedanken über später, wenn ich mit der Schule fertig bin. Es ist alles so schwierig. Viele Jugendliche kommen mit ihrem Alltag nicht klar, haben keine Arbeit, nehmen Drogen, das Leben ödet sie an.

Ach, Tina, verzeih mir diesen grämlichen Brief

Deine Kai mit Triefnase

Kölle, danach ...

He, Kai-Triefnase,

mir scheint, der Schnupfen ist dir aufs Gemüt geschlagen. Es ist gut, dass du dir alles von der Seele geschrieben hast. Dafür sind wir doch Freundinnen.

Von wegen, du hinterlässt keine Lücke – das ist doch Quatsch. So was darfst du dir gar nicht erst einreden. Okay, du hast keine Clique und mit deiner Klasse scheint nicht viel los zu sein. Aber ich mag dich, wie du bist. Wahrscheinlich mögen dich viele Leute, nur du merkst es nicht, weil du mit dir selber im Augenblick nicht klarkommst. So was kenne ich auch. Glaub doch bloß nicht, dass ich immer super drauf bin.

Ich habe dich was gefragt, etwas Wichtiges! Aber das scheint bei dir gar nicht angekommen zu sein. Besuchst du mich in den Osterferien wieder? Vielleicht fahren wir für ein paar Tage mit dem Wohnmobil nach Holland. Komm doch mit! Wir haben bestimmt viel Spaß. Holland wird dir gefallen. Der Platz von Andreas ist frei. Für immer, fürchte ich.

Ich habe meinen Bruder getroffen, mitten in Köln, mitten im Karneval. Er hatte wohl schon ein paar Mal bei uns angerufen, aber immer gleich wieder aufgelegt, weil meine Mutter am Apparat war. Mit ihr wollte er auf keinen Fall sprechen. Aber dann hat er mich erwischt. Ehe ich was sagen konnte, verdonnerte er mich, ihn ja nicht zu verraten und mir nicht anmerken zu lassen, dass er am Telefon ist. Wir haben uns im Intercity-Restaurant im Hauptbahnhof getroffen. Das war sein Vorschlag, weil dort bestimmt niemand von unseren Bekannten auftauchen wird. Dabei hätte uns vermutlich eh keiner erkannt. Ich hatte grüne Schminke im Gesicht und eine grüne Perücke auf dem Kopf, dazu einen Umhang mit Blättern aus Stoff. Das war mein Karnevalskostüm in diesem Jahr. Die meisten hielten mich für eine Wassernixe. Dabei wollte ich als Grünlilie gehen, um so gegen das Aussterben vieler Pflanzen zu protestieren. Aber Umweltprobleme kommen im Karneval nicht richtig rüber.

Andreas hatte sich das Gesicht als Clown geschminkt und ein rundes Papphütchen auf den Kopf gesetzt. Seine Haare waren ganz kurz geschnitten. Ich habe ihn zuerst gar nicht erkannt, als er auf mich zukam.

Na ja, dann saßen wir grün und clownig im Hauptbahnhof. Ich habe ihm gleich alles erzählt, von dem verräterischen Foto, von Mamas Aufregung und der Wühlaktion in seinem Zimmer und dass von der Bundeswehr ein Brief gekommen ist. Andreas hat zu allem nur gegrinst. Vielleicht sah das aber auch nur so aus, wegen seines Clowngesichtes. Beim Kreiswehrersatzamt hätte er inzwischen seine Rückstellung beantragt und auch erreicht. Das sei vorläufig vom Tisch. Die Bullen? Da hat er gemurmelt, er wäre in was hineingeschlittert, das sei blöd von ihm gewesen, aber so schlimm nun auch wieder nicht. Über die Sache würde schnell Gras wachsen. Skin oder so was sei jedenfalls nichts für ihn. Sein wirkliches Problem wären nun mal Mama und Papa. Vor allem Mama. Immer hätte sie ihn kontrolliert und in alles reingeredet. Es wundere ihn nicht, dass sie sein Zimmer auf den Kopf gestellt hätte. „Ist doch typisch", hat Andreas gemeint. Er könne das nicht mehr aushalten, müsse raus aus

Köln, mal weg von allem, weit weg. Was hier abliefe, würde ihn lähmen. Nicht nur in unserer Familie, sondern überall in Deutschland. Er sähe hier kein Ziel für sich. Die Reichen würden immer reicher und die Armen immer ärmer. So was hat doch keine Zukunft! Dann die Vorurteile und die Hektik, überall Lügen und Kriminalität, Gewalt, Drogen und Aggression. In Niederbayern hätte er Kontakt zu Neonazis gehabt. Die glaubten an ihre Parolen und fühlten sich als Retter der Nation. Aber im Grunde hätten sie nur eine Menge Wut im Bauch. Er wäre kein Neonazi, aber Wut, ja, davon hätte er auch genug. Er könne gar nicht genau sagen, auf wen. Die Ausländer? Nee, eigentlich nicht. Mama? Na ja, das wäre ein spezielles Problem. Papa? Da hat er mit den Schultern gezuckt. Der wolle nur seine Ruhe haben und glaube, er sei auf der sicheren Seite des Lebens, mit seinem Job und Blick auf den Dom. „Was sich unten auf der Straße abspielt, kriegt der gar nicht richtig mit. Will er auch nicht!" Die Politiker? Ja, auf die hätte er die meiste Wut. Wenn Papa dann auch noch mit dem blöden Satz daherkäme: „Jedes Volk kriegt die Politiker, die es verdient", dann könne er eben nur noch abhauen. Und genau das habe er vor.

Stell dir das vor, Kai! Rundherum feiern die Leute Karneval und mein Bruder haut mir so was um die Ohren. Ich habe versucht, ihn von seinem Plan abzubringen. Er hat nur sein Clowngesicht verzogen und den Kopf geschüttelt, dass sein Papphütchen hin und her gewackelt ist. „Nichts zu machen, Schwesterchen!"

Da habe ich es aufgegeben.

Ich sollte ihm schnell ein paar Sachen von zu Hause bringen. In der CD-Hülle von Rammstein wären ein paar Dollar versteckt. Die hätte er damals von seinem Lohn als Gemüsepacker eingetauscht, weil er vorgehabt hätte, nach Amerika zu gehen. Aber von Amerika sei er abgekommen. Das sei auch nur ein Land für Karrieretypen und von denen hätte er die Nase gestrichen voll. Mit einem Kumpel aus Bayern würde er nach Australien fliegen. Es sei schon alles geregelt. Also, die Dollar sollte ich ihm bringen, seinen Schlafsack und vor allem den großen Rucksack. Und dann noch die goldene Armbanduhr, die er von Onkel Max geerbt hat. Die müsse er verkaufen, weil er Geld brauche. Aber er sei ohnehin nicht der Typ für Gold am Handgelenk.

Was hättest du an meiner Stelle gemacht? Ich dachte an meine Mutter, an ihre Angst und Aufregung, aber auch an die Bullen auf unserm Sofa. Andreas ein Skin? Andreas vielleicht bald im Knast? Australien, das liegt am Ende der Welt – von Köln aus gesehen. Weit genug, um Ärger hinter sich zu lassen.

Von meinem Platz im Restaurant konnte ich dem Karnevalstreiben auf dem Bahnhofsvorplatz zusehen. Die Menschen tanzten, lachten, küssten sich und ich musste mich entscheiden, ob ich meinem Bruder zur Flucht verhelfen oder ihn an meine Mutter verraten sollte.

Andreas hat versprochen, er schreibt uns. Der Kumpel, mit dem er weg will, ist sauber, hat er mehrmals versichert. Ich soll mir keine Sorgen machen und bloß nicht so anfangen wie Mama ... Na ja, da habe ich schließlich eingewilligt. Grün wie ich war, bin ich auf kürzestem Weg nach Hause und war froh, dass mir keiner unter die Schminke sehen konnte.

Die Dollars habe ich sofort gefunden, die Uhr auch. Dann habe ich eine Plastiktüte genommen, Wäsche, Hemden, Socken hinein ge-

stopft und als Andenken noch ein Tamagotchi. Vielleicht erinnert es Andreas an mich, wenn es schreit. Die ganze Zeit war Mama in der Küche und hat telefoniert. Ich habe gedacht, wenn sie was merkt, dann soll es so sein. Wenn sie nichts merkt, dann soll es eben nicht sein. Ich war nicht besonders leise oder unauffällig. Ich hab's wirklich drauf ankommen lassen. Sie hat sich gar nicht darum gekümmert.

Mit der Plastiktüte unterm Arm bin ich in den Keller runter, weil dort der Rucksack lag. Ich habe alles hineingestopft. Dann bin ich wieder zum Bahnhof gegangen. Unterwegs haben mich Leute gefragt, ob ich den großen Rucksack voll Kamelle gesammelt hätte. Einer wollte wissen, ob ich ein grünes Marsmännchen sei und auf dem Rücken meine Rakete für den Rückflug verstaut hätte. War witzig gemeint, aber das Lachen fiel mir schwer.

Als ich wieder im Intercity-Restaurant ankam, ging alles ziemlich schnell. Andreas hat noch einmal versprochen zu schreiben. Dann haben wir uns getrennt, ehe ich zwei helle Rinnen in meine grüne Schminke heulen konnte.

Verstehst du nun, dass ich auch Probleme habe? Und warum ich dich so gerne in den Osterferien mit nach Holland nehmen möchte? Andreas hinterlässt ein Loch. Bitte komm!

Deine Freundin Tina

Hallo Tina,

was hast du mitgemacht! Und ich dachte, du bist total glücklich und feierst mit Holger, bis du nicht mehr kannst.

Als ich deinen Brief las, ist mir was Komisches durch den Kopf gegangen. Roland, Bernd und Andreas sind sich sehr ähnlich. Sie suchen nur verschiedene Wege zum Glück. Roland mit seinen deutsch-nationalen Freunden, Bernd in seinen linken Kneipen, und dein Bruder fliegt nach Australien, weil er wissen will, ob da die Welt anders ist. Bedeutet das nun Freiheit oder Frust?

Ich mache mir ständig Gedanken über Arbeitslosigkeit, Umweltzerstörung und Gewalt auf den Straßen. Es ist schrecklich, dass viele junge Menschen Angst vor der Zukunft haben. Meine Mutter meint, das sei eine von den ‚Wendekrankheiten'. Jedenfalls bei uns. Zu DDR-Zeiten litt die Jugend unter Freiheitsmangel, jetzt unter Selbstfindungszwang.

Ja, Tina, darüber und über vieles mehr würde ich gern mit dir reden. Es wäre super, wenn wir uns bald wiedersehen könnten. Deine Einladung habe ich nicht überlesen, wie du meinst. Holland! Wo du so gerne hinfährst. Wo noch keiner aus meiner Klasse war. (Glaube ich wenigstens.) Das lockt ... Trotzdem. Wie soll ich es dir verklickern?

Wenn ich mit euch im Wohnmobil verreisen würde, müssten mich deine Eltern Tag und Nacht um sich haben. Das stört sie sicherlich. Sie könnten nie für sich sein. Wir beide auch nicht. Ich käme mir vor wie die Made im Speck.

Außerdem bin ich kein Ersatz für deinen Bruder. Versteh das bitte nicht falsch. Es ist nicht dasselbe, ob Andreas mit euch verreist oder ich. Na ja und dann ist da noch was. Ich will nicht, dass deine Eltern für mich so viel Geld ausgeben. Da fühle ich mich als armer Ossi bei reichen Wessis. Nimm's mir nicht übel. Aber ich habe auch meinen Stolz.

Bleibt ihr denn die ganze Ferienzeit über in Holland oder nur ein paar Tage? Und was ist mit Holger? Den gibt's doch auch noch. Nee, Tina, ich glaube, das wird nichts mit uns in den Osterferien.

Wegfahren wäre schön. Nur ein paar Tage hier herauskommen, würde mir schon reichen. Es muss nicht gleich Australien sein oder Holland. Mir wäre jedes Fleckchen recht, wo ich nicht zwischen widersprüchliche politische Meinungen gerate. Wo ich nicht sehe, wie mein arbeitsloser Vater die Treppe bohnert. Wo meine Mutter nicht versucht, uns mit Kuchenteilchen glücklich zu machen. Ich möchte einmal ganz ich selber sein, herausfinden, was ich kann, was ich will und wozu ich überhaupt auf der Welt bin. Einfach nur meinen Gedanken und Gefühlen nachspüren und mich nicht nach allen andern richten müssen, weil ich die Jüngste in der Familie bin. Das klappt nicht hier zu Hause und nicht im Wohnmobil zusammen mit deinen Eltern. Verzeih, Tina, wenn ich das so direkt schreibe.

Gestern habe ich meiner Mutter erzählt, dass ich manchmal unglücklich bin und gar nicht genau weiß, was ich eigentlich suche. Es ist mir herausgerutscht. Leider. Sie hat gesagt, das sei ganz normal in meinem Alter. So was kommt von der Pubertät und vergeht wieder wie eine Wachstumsstörung, wenn ich älter werde. Es klang wie eine Lektion aus dem Schulbuch.

Ich will das Leben aber nicht lernen, ich will es ausprobieren. Das Wort Pubertät finde ich total blöd. Es klingt wie 'ne besondere Art von Schimmelpilz. Man wird davon unweigerlich befallen, kann nichts dagegen tun, aber wenn man durch ist, hat man es endlich geschafft, erwachsen zu sein.

Oft möchte ich mich verkriechen wie eine Maus. Dann wieder möchte ich wie Superfrau über alles hinweg rasen. Oder wenigstens mit einem freundlichen Autofahrer zu dir nach Köln fahren. Ach, Tina, mit dir kann ich über alles reden. Mit meiner Mutter klappt das zur Zeit nicht besonders. Und im Wohnmobil, mit deinen Eltern? Ich weiß, dass sie nett sind. Trotzdem. Ich glaube, ich habe im Augenblick eine Elternallergie.

Lass bald von dir hören, Tina. Schreib mir, ob es was Neues von Holger gibt. Und von Andreas. Es war in Ordnung, dass du ihm geholfen hast. An deiner Stelle hätte ich es genauso gemacht.

Deine Freundin Kai

Köln, 1.3.

Hallo Kai,

verkriech dich nicht. Komm raus aus deinem Mauseloch. Und hör auf, dich zu entschuldigen, weil du nicht im Wohnmobil mitkommen willst. Ist schon okay. Wir müssen uns was anderes einfallen lassen für die Osterferien. Ein bisschen Zeit haben wir noch. Genau 28 Tage, dann fangen die Ferien an. Am selben Tag bei dir und bei mir. Das ist schon mal gut.

So wie es im Augenblick aussieht, fahren wir vielleicht gar nicht nach Holland. Seit Andreas den Abflug gemacht hat, kommt bei uns alles durcheinander. Was Holger vorhat, ist auch noch unklar. Er sagt: „Wenn er an Ostern in Köln denkt, fällt ihm nur Schmuddelwetter ein."

„Aber mich gibt's auch noch", habe ich gemurmelt. Da hat er gegrinst. „Klar gibt es dich. Dich und das Kölner Schmuddelwetter."

So was hätte ich nie zu ihm gesagt. Na ja. (Kein Kommentar bitte.)

Meine Eltern wissen inzwischen über Andreas Bescheid. Zwei Tage habe ich über mein Treffen mit ihm geschwiegen. Dann konnte ich es nicht mehr ausgehalten und habe alles erzählt. Ich bin froh, dass ich es los bin. Meine Mutter hat es geschluckt wie eine Kröte. Tap-

fer und gefasst. Aber jetzt geht es ihr nicht gut. Sie hat wieder angefangen zu rauchen. Das zeigt, wie sie sich fühlt. Mein Vater wird besser damit fertig. Ich habe sogar den Verdacht, dass er Andreas heimlich bewundert.

Es stimmt, was du über unsere Brüder geschrieben hast. Du denkst über so vieles nach. Ich kriege den Kopf nicht mehr frei, seit ich mit Holger zusammen bin. Es ändert sich so viel, auch bei mir. Jetzt höre ich zum Beispiel Musik, die ich noch vor einem halben Jahr nie sonderlich beachtet habe, Rap und eine bestimmte Richtung von Hip Hop und Techno. Diese Musik ist härter, kritischer, nichts mehr zum Reinplumpsen. Natürlich mag ich nicht alles. Manches ist mir zu krass, aber zu Blümchen *und den Jungens aus Orlando habe ich inzwischen einen gewissen Abstand. Auch zu* Nick.

Vor einem halben Jahr wäre ich noch in Tränen ausgebrochen bei dem Gedanken, dass er vielleicht die Gruppe verlässt. Inzwischen sehe ich das ganz cool. Jede Gruppe löst sich irgendwann auf . . . Holger mochte die Backstreet Boys *noch nie.*

Ich denke immer noch über uns und die bevorstehenden Osterferien nach. Am liebsten wäre es mir, wenn meine Eltern allein wegführen und mir die Wohnung überließen. Aber damit brauche ich ihnen gar nicht erst zu kommen. Sie wissen, dass ich einen Freund habe und wittern Gefahr.

Nein, es muss nicht gleich Australien sein wie bei Andreas. Aber Ferien ohne meine Eltern wünsche ich mir so sehr wie du. Ich bin noch nie länger als einen Tag allein gewesen. Das wird mir erst jetzt richtig bewusst. Wenn nicht meine Eltern um mich waren, dann die Lehrer, entweder in der Schule oder auf den Klassenfahrten.

Manchmal haben auch meine Großeltern auf mich aufgepasst. Es hat mich nicht gestört. Doch auf einmal ist das anders geworden. Glaub bitte nicht, dass ich mich auf etwas einlasse, was ich vielleicht hinterher bereue. Aber ich möchte ebenso wie du mal ungestört über mich nachdenken. Auch über mich und Holger.

Gleich treffen wir uns. Er wollte mich anrufen. Ich warte, während ich hier schreibe. Heute ist zwar Montag und nicht viel los in Köln, aber von mir aus können alle Discos, Pubs und Kinos geschlossen sein. Mit Holger ist jeder Abend aufregend. Kai, du musst ihn unbedingt kennen lernen! Ich kann im Brief einfach nicht rüberbringen, was er ausstrahlt. Du hast mal gefragt, wie er aussieht. Na ja, ein bisschen so wie Sasha (If you believe ...), aber irgendwie auch ganz anders.

Ein Foto habe ich leider immer noch nicht von ihm. Er verschenkt keine Fotos, hat er gesagt. Er sei doch kein Popstar.

Tschau, bis bald
deine Tina

Köln, Mittwoch, 3. 3.

Hey Kai,

ich habe dir erst vorgestern geschrieben. Und nun schon wieder. Warum? Weiß ich selber nicht genau. Es ist eigentlich nichts los, aber vielleicht doch . . . Meine Gedanken drehen sich im Kreis. Immer wieder dasselbe. – Drehwurm im Kopf. Wenn es zu heftig wird, sage ich zu mir selbst: „Tina, du spinnst. Du siehst Gespenster." Lange hilft das leider nicht. Im nächsten Augenblick kriecht mir wieder was den Rücken hoch und der Drehwurm fängt von vorne an.

Also, ich habe da einen Verdacht. Mehr nicht, aber immerhin einen Verdacht. Kai, es fällt mir schwer, darüber zu reden, weil, na ja – solange man es nicht ausspricht, ist ein Verdacht nur so etwas wie ein Alptraum. Und das ist noch kein echtes Unglück. (Meine Oma sagt: Man kann das Unglück auch herbeireden.)

Angefangen hat alles wie üblich mit Walli. Die Frau ist mein Untergang. Eigentlich reden wir nicht mehr miteinander, seit ich ihr eins auf die Nase gegeben habe. Aber so ganz verstummt sind wir auch nicht. Als wir gestern vom Sportunterricht in die Klasse zurückgegangen sind, hat sie so nebenbei gefragt, ob ich noch mit dem Typ vom Gymnasium gehe. Ich: „Warum willst du das wissen?" Und sie: „Nur so, weil ich den öfter im Tattoo sehe."

Zunächst hat mich das nicht aus der Ruhe gebracht. Warum soll Holger nicht mal kurz im Tattoo auftauchen? Ist doch nichts dabei. Wahrscheinlich hat sie ihn zwei- oder dreimal in ihrem Leben gesehen und macht gleich öfter draus. Aber dann habe ich gespürt, dass diese Bemerkung doch an mir nagt. Walli sagt so was nicht ohne Hintergedanken.

Am Montag waren wir verabredet, aber plötzlich hatte Holger überhaupt keine Zeit. Am Dienstag klappte es auch nicht. Dafür heute, am Mittwoch, ganz bestimmt. Gerade als ich aus dem Haus gehen wollte, rief er an. „Sorry, Tina. Mein Vater will unbedingt etwas mit mir bereden. Ich weiß nicht, wie lange das dauert. Ich rufe dich wieder an. Bis dann."

So was gibt es. Väter nehmen nicht unbedingt Rücksicht auf die Verabredungen ihrer Kinder. Trotzdem kroch mir ganz langsam so eine Endzeitstimmung den Rücken hoch. Seit Aschermittwoch haben wir uns nur ein einziges Mal gesehen. Und Walli hat diese Bemerkung gemacht.

Geistesabwesend habe ich den Fernseher eingeschaltet und bin dreimal durch alle Programme gezappt. Aber es gab nichts, was meine Gedanken ablenken konnte. Ich musste dahinterkommen, was Walli andeuten wollte. Es war zwar schon neun Uhr, aber ich habe mich doch noch in meinen Anorak geschmissen und bin auf 'ne Cola ins Tattoo. Um ehrlich zu sein, ich wollte wissen, ob Holger dort saß. Aber Fehlanzeige. Lauter neue Gesichter. Ich kam mir wie im falschen Film vor und bin dann auch gleich wieder gegangen.
An dem Park, durch den ich nach Hause gehe, sehe ich auf der anderen Seite gerade noch zwei Gestalten um die Ecke biegen. Holger und Sabine?!

Die beiden waren ein ganzes Stück weg. Ich kann mich irren. Ich möchte mich irren. Wirklich, Kai, wenn die Walli das nicht gesagt hätte, dann wären mir die zwei vielleicht gar nicht aufgefallen. Aber sie hat es nun mal gesagt und ich habe zwei gesehen, die im Dunklen, von weitem, ein bisschen wie Holger und Sabine aussahen. – Drehwurm im Kopf.

Es darf nicht wahr sein. Nein, nicht nach dem, was wir miteinander erlebt haben. Sabine und Holger? Vielleicht schon länger? Vielleicht die ganze Zeit? Und ich habe es nie bemerkt? Nein!! Nur weil Holger keine Zeit hat und vielleicht hin und wieder ohne mich in eine Disco geht, bedeutet das noch lange nichts. Gar nichts! Walli hat Sabine nicht erwähnt. Trotzdem habe ich das Flattern im Bauch und den Wurm im Kopf. Was soll ich machen, Kai? Vielleicht Walli noch eins auf die Nase geben?

Ich glaube, ich drehe durch
Tina

Leipzig, 5. 3.

Hallo Tina,

deine beiden Briefe erreichten mich gestern und heute. Das sieht aber gar nicht gut aus. Hoffentlich war es falscher Alarm, das mit Holger, meine ich. Alles nur Einbildung und rabenschwarze Phantasie. Allerdings ist es schon recht merkwürdig, dass er so wenig Zeit für dich findet.

Ich würde dir gern mehr dazu schreiben, aber ich verkneife es mir. Du willst es so. Doch glaub mir bitte, dass ich mit dir fühle und zittere.

Erst die Aufregung um deinen Bruder und jetzt auch noch Stress in der Liebe! So was macht einen fertig. Versuche trotzdem cool zu bleiben. Selbst wenn die zwei Gestalten an der Ecke vom Park Holger und Sabine gewesen sind, bedeutet das nicht zwangsläufig, dass sie wieder miteinander gehen. Vielleicht hat er sie unterwegs getroffen und nach Hause gebracht. Nichts weiter. Tina, du bist eifersüchtig. Dein Herzbube soll dir ganz allein gehören. Oder du hast noch immer ein schlechtes Gewissen, deiner alten Freundin gegenüber. Vertraust du Holger denn nicht?

Ach Tina, über all das müssten wir jetzt reden können! Die Osterferien rücken immer näher. Du machst dir Gedanken, wie das gehen soll mit uns beiden. Ich mache mir Gedanken. Meiner Mutter liege ich seit Tagen in den Ohren. Sie sagt nicht ja und nicht nein, sondern meinte, wir müssten dich auch mal zu uns einladen.

Es wäre spitze, wenn du nach Leipzig kämst. Nur leider ist bei uns nicht so viel Platz wie bei euch. Mein Zimmer ist eng und schmal wie ein Schlauch. Wir müssten entweder zusammen in einem Bett schlafen oder einer von uns müsste auf der Couch im Wohnzimmer übernachten. Behelfsmäßig wäre es allemal. Vielleicht willst du dann doch lieber mit deinen Eltern nach Holland. (Falls sie fahren.) Aber Leipzig würde dir gefallen.

Bei uns geht es zur Zeit nicht ganz so mager zu. Mein Vater „macht Mäuse“. Die Renovierungsarbeiten ziehen sich hin. Er hat auch schon ein weiteres Angebot, gleich anschließend. Wenn er abends nach Hause kommt, ist er ganz schön geschafft. Aber es macht ihm auch Spaß.

Am vergangenen Wochenende war ich seit längerem mal wieder bei meiner Oma in Gnandstein. Da blühen die Schneeglöckchen im Garten und die ersten Krokusse kommen auch schon. Aber meine Oma war nicht gut zu Wege. Sie hat Probleme mit ihren Augen. Sie sieht immer schlechter, trotz Brille. Meine Mutter macht sich Sorgen und meint, die Oma müsste eine Staroperation machen lassen.

Doch davon abgesehen, war es schön in Gnandstein. Wenn ich dort übernachte, bekomme ich immer das Zimmer mit Burgblick. Das ist so richtig altmodisch-romantisch. Neben dem Fenster steht ein bemalter Schrank. Dem fehlt zwar ein Fuß, aber irgendwer hat stattdessen einen Holzklotz darunter geschoben. Oben auf dem Schrank stehen Omas Gläser mit eingelegten Gurken.

Das Bettgestell ist aus altem, gedunkelten Eichenholz mit geschwungenem Kopf- und Fußteil. Früher hat mal der Holzwurm darin gehaust. Man kann noch die krummen Spuren erkennen, die er gefressen hat. An den Wänden hängen Bilder in verschnörkelten Goldrahmen. Großmutter-Gemütlichkeit pur, sag ich dir! In meinem Zimmerchen in Leipzig möchte ich so was nicht haben, aber hier gefällt es mir. Ich will nicht, dass sich irgendwas verändert.

Im Wohnzimmer hat meine Oma einen Kachelofen. Der reicht bis an die Zimmerdecke. Wenn sie den einheizt, legt sie manchmal Tannenzweige in die Röhre. Nach einiger Zeit fangen die von der Wärme an zu duften. Wenn meine Oma mal nicht mehr lebt und die Wohnung aufgelöst ist, wenn all die altmodischen Sachen auf einem Trödelmarkt landen und fremde Menschen hier einziehen, werde ich immer noch die Erinnerung an den Duft der Tannenzweige im Kachelofen haben. So was gibt's heute gar nicht mehr, außer bei meiner Oma in Gnandstein.

Schluss für heute, liebe Tina! Ich hoffe, ich habe dich ein wenig abgelenkt von deinen Problemen. Ich drücke dir ganz fest die Daumen, dass deine Aufregung wegen Holger wie eine Seifenblase platzt – schon geplatzt ist. Vielleicht schaukelst du längst wieder auf einer rosaroten Wolke, eng umschlungen mit deinem Lover, der ein bisschen wie Sasha aussieht. Wow!

Ganz viele ♡-♡-♡-liche Grüße
von Kai

Leipzig, 10.3., Mittwoch Abend

Hallo Tina!

Gibt's dich noch? Ich will nicht drängeln, aber nach deinem Drehwurm-Brief frage ich mich natürlich, was bei dir los ist. Wenn du keine Zeit hast, schick mir eine Karte. Ein Satz genügt. Oder ruf mich kurz an.

Bitte melde dich!

Mir geht es gut, obwohl mein Bruder Roland gewaltig für Spannung sorgt. Vorgestern war er auf einem Konzert, das von der Polizei verboten worden war. Aber es fand dann doch statt. Nur für Freunde, irgendwo privat. Und was die Polizei wohl schon vorhergesehen hatte, ist dann prompt eingetreten. Randale. Gewaltausschreitungen. Eine Gyrosbude brannte ab. Es gab Verletzte und Festnahmen.

Roland war dabei. Er kam kurz vor Mitternacht nach Hause. Noch ganz aufgeladen von dem Krawall. Ich habe ihn auf dem Flur und im Badezimmer herumpoltern gehört. Mein Vater ist wieder aufgestanden und hat dann lange mit ihm in der Küche geredet.

Am nächsten Morgen war Roland immer noch in so einer Kampfstimmung und hat dauernd herausfordernd zu Bernd rübergeschaut. Er hat regelrecht auf einen Widerspruch von ihm gelauert. Aber Bernd hat sich nicht provozieren lassen. Mit gesenkten Augen hat er seinen Tee getrunken, während Roland was von nächtlicher Säuberung redete.

Meine Mutter saß am Tisch wie ein Wachhund, um sofort dazwischenzugehen, falls es notwendig sein sollte. Die Luft hat vor Spannung geknistert. Mein Vater wollte die Lage entschärfen. In seiner gutmütigen Art hat er Bernd eine Hand auf die Schulter gelegt. Ganz väterlich. Aber Bernd hat ihn zurückgestoßen, ist aufgesprungen, hat seine Schultasche genommen und ist aus der Haustür gestürmt. Das angebissene Butterbrot lag noch an seinem Platz.

Ich bin dann auch zur Schule gegangen, etwas früher als sonst. So konnte ich ein wenig bummeln und meinen Gedanken nachhängen. Die waren noch bei der Geburtstagsparty von Viola. Ich war nämlich am Sonntag Nachmittag zusammen mit zwei anderen Mädchen aus meiner Klasse bei ihr eingeladen. Außer uns waren noch vier Jungen und zwei Mädchen dort, die ich nicht kannte. Also so eine Fete habe ich noch nie mitgemacht. Das Ganze war irgendwie bizarr. Ich muss dir das erklären. Die Eltern von Viola sind beide am Theater in Leipzig engagiert. Als Wohnung haben sie eine ganze Etage gemietet, die ziemlich verrückt eingerichtet ist, eine richtige Künstlerwohnung. Wo bei uns Türen sind, wehen bei denen leuchtende Vorhänge. An den Wänden hängen große Ölgemälde ohne Rahmen, ganz abstrakt. In einem der Zimmer steht eine Tempelfigur, golden und glitzernd, überhaupt viele fremdländische Sachen. Ganz anders als bei uns.

Wir haben zuerst alle auf einem kuscheligen Teppich im Kreis gehockt und aus henkellosen Schalen Jasmintee getrunken. Teezeremonie nannte Viola das. Es gab leckeres Gebäck dazu, kleine Törtchen und gezuckerte Ingwerstückchen. Zuerst haben wir nur gekichert, weil keiner von uns eine Teezeremonie kannte und uns das Getue albern vorkam – ein bisschen wie Theater eben. Aber keiner hat sich getraut das zu sagen. Danach wurde alles zur Seite geräumt und der Teppich aufgerollt, damit wir Platz zum Tanzen hatten. Ich wäre am liebsten heimlich verschwunden, weil ich nämlich überhaupt nicht tanzen kann. Die meisten andern wirkten auch etwas betreten. Aber Violas Mutter hat zuerst eine Art Tanzspiel mit uns gemacht, bis wir in Schwung kamen. Auf einmal hatte keiner mehr Hemmungen und wir sind ganz wild durcheinander gehopst.

Einer von den Jungens hat mich öfters an den Händen gefasst und im Kreis herumgewirbelt. Als die Fete vorbei war, hat er mich nach Hause gebracht. Er heißt Jonas. Sein Vater ist auch am Theater, glaube ich. Vor unserer Haustür haben wir unsere Telefonnummern ausgetauscht. Du musst jetzt nicht glauben, dass ich verliebt bin, Tina. Aber ich warte trotzdem gespannt, ob er sich meldet.

Die Viola ist ein bisschen flippig und nimmt das Leben leicht. Sie kommt öfter morgens zu spät. Die Lehrer stöhnen und halten ihr eine Strafpredigt. An Viola perlt das ab. Sie hat überhaupt kein schlechtes Gewissen. Du kannst dir sicher denken, wie ich mich gefreut habe, als sie fragte, ob ich zu ihrer Geburtstagsparty komme. Sie hat mir auch versprochen, dass wir uns demnächst mal zusammen eine Vorstellung im Theater ansehen, wo ihre Mutter mitspielt. Sie bekommt da manchmal Freikarten.

Im Theater war ich lange nicht mehr. Früher, als ich noch klein war, sind wir ins Weihnachtsmärchen gegangen, die ganze Familie. Roland mit seinen Locken sah selber ein bisschen wie ein Weihnachtsengel aus. Von der Ähnlichkeit ist nichts mehr übrig geblieben. Gar nichts.

Was meinst du, Tina, ob der Jonas sich meldet? Natürlich kann ich ihn auch selber anrufen. Aber ich finde, wenn er mich wiedersehen will, muss er auch den Anfang machen. Ich weiß ja gar nicht, ob er das nicht nur so gesagt hat. Am Ende denkt er noch, ich laufe ihm nach. Das will ich auf keinen Fall.

Sei ganz lieb gegrüßt und schreib mir unbedingt wie es dir geht.

♡-lichst deine Kai

Leipzig, 13. 3.

Tina, was ist los???

ich warte noch bis Morgen, wenn dann kein Brief von dir im Kasten liegt, rufe ich dich an. Ich mache mir Sorgen! Wenn du unglücklich bist, schreib es. Wenn alles in bester Ordnung ist oder nur halb in Ordnung, dann schreib es auch. Warum lässt du mich so zappeln? Wir haben uns doch sonst alles geschrieben. Heißt dein Problem immer noch Holger? Oder ist was mit Andreas? Mit deiner Mutter? Irgendein Unglück in der Familie?

Tina, dein Schweigen bedeutet nichts Gutes. Ich fühle es und weiß gar nicht, was ich schreiben soll. Ist das Leben vielleicht so was wie eine Achterbahn? Du gerade unten, ich oben? – Jonas hat zweimal angerufen. Wir waren heute zusammen bei McDonald's. Er hat 'ne Menge von sich erzählt. Sein Vater ist nicht Schauspieler, wie ich erst dachte, sondern Beleuchter. Die Eltern von ihm haben sich getrennt. Seine Mutter und seine kleine Schwester leben noch in Berlin. Der Vater und er sind im vergangenen August nach Leipzig umgezogen, weil der Vater hier am Theater einen Job bekommen konnte. In Berlin war er lange arbeitslos. Zuerst kam Jonas hier gar nicht zurecht. Er fand alles schrecklich und hat sehr unter der Trennung von seiner Mutter und seiner Schwester gelitten. Aber inzwischen hat er sich eingelebt.

Morgen wollen wir zusammen mit Viola ins Kino gehen. Mir sind beide wichtig. Wir sind zwar keine Clique, aber wir haben Spaß miteinander. Und besser als Jugendclub ist es allemal.

Du siehst, bei mir tut sich was. Ich bin im Augenblick richtig gut drauf. Aus dem Dornröschenschlaf erwacht oder so. Übrigens nennt mich Jonas auch Kai. Er fand, das passe viel besser zu mir als Kati.

Nun aber gute Nacht, du da in Köln. Melde dich bald.

Deine besorgte Kai

Leipzig, 15. 3.

Liebe Tina,

ich habe es geahnt, die ganze Zeit habe ich geahnt, dass etwas bei dir nicht stimmt. Aber dass es dich gleich so knallhart erwischt hat … Ist dein Bein gebrochen? Hast du einen Gipsverband? Und noch andere Verletzungen?

Jetzt bin ich doch sehr froh, dass ich angerufen habe. Meine Mutter war ganz entsetzt, als sie hörte, was dir zugestoßen ist. Sie wünscht dir alles Gute. Und ich natürlich auch.

Wie lange warst du im Krankenhaus? Vielleicht hast du es mir gesagt, aber ich war so durcheinander, dass ich nicht richtig zugehört habe. Wenn du dich besser fühlst und Lust hast, mir zu schreiben, musst du mir alles ausführlich berichten. Vor allem auch wie sich Holger und Sabine verhalten. Denn irgendwie haben sie ihren Anteil an dem Crash. Ich bin sicher, wenn es dir so gut ginge, wie mir im Augenblick, wäre das alles nicht passiert.

Mensch, Tina, du tust mir so Leid!

So wie die Dinge jetzt stehen, können wir wohl unsere Pläne für gemeinsame Osterferien begraben. In neun Tagen ist letzter Schultag. Wir können es ja nochmal mit Wünschen versuchen. Aber ehrlich gesagt ist mein Glaube an derartige Wunder nicht sehr fest. Auf jeden Fall wünsche ich dir aber, dass alles gut und schnell verheilt.

Von Jonas und mir will ich jetzt lieber nichts erzählen, obwohl ich ganze Seiten mit Neuigkeiten füllen könnte. Ich denke, das macht dich in deiner augenblicklichen Lage noch trauriger, als du eh schon bist. Später!

Gute Besserung, Tina! Ich warte sehnlichst auf Post von dir.

♡-lichst deine Freundin Kai

Köln, 16. 3.

Hallo Kai,

danke für deine Briefe und alles. Du fragst, wie es mir geht. Ich weiß es selber nicht. Ich fühle mich gespalten. Das ist komisch.

Einem Teil von mir geht es gut, dem anderen schlecht. Der Teil, dem es gut geht, liegt faul auf dem Sofa. Mein Bein tut nur weh, wenn ich auftrete. Also humpel ich ganz vorsichtig durch die Wohnung und lege es die meiste Zeit hoch. Mein Bein und ein paar Schürfwunden erinnern mich daran, dass ich noch lebe. Es hätte schlimmer kommen können.

Mein schönes teures Bike ist Schrott. Aber Mama hat schon ihren Chef eingespannt. Der hat einen Brief an die gegnerische Versicherung geschickt und ein neues Rad gefordert. Der Anwalt, bei dem meine Mutter arbeitet, übernimmt den Fall vor Gericht. Die Schuldfrage ist nicht ganz eindeutig. Obwohl ich der Meinung bin, dass der Fahrer von dem Opel nicht einfach um die Ecke biegen kann, wenn da ein Radweg kreuzt. Ist doch ein klarer Fall, etwa nicht?

Ich hätte tot sein können. Wie mir das nach den Untersuchungen im Krankenhaus bewusst wurde und eine nette afrikanische Schwester so über das Fußende vom Bett zu mir hin lächelte, da habe ich mich auf einmal ganz, ganz klein gefühlt. Noch immer war dieser riesengroße Schreck in mir, aber ich selber kam mir winzig vor.

Mein Vater hat alles im Krankenhaus geregelt und mich am nächsten Tag nach Hause geholt. Meine Eltern haben versucht ein kleines Fest aus meiner Rückkehr zu machen. Aber nach dem zweiten Glas Wein fing meine Mutter an zu weinen. Andreas weg, vielleicht für immer, und ich so nahe am Tod vorbei, das war einfach zu viel für sie. Mama und ich haben dann auf dem Sofa gekuschelt wie in längst vergangenen Kindertagen. Der Schock hat uns schmusig gemacht. Papa kam sich überflüssig vor. Er hat gesagt, wenn wir noch lange so rührselig sind, geht er in die Kneipe und besäuft sich. Darüber mussten wir dann lachen und es wurde doch noch ein richtig schöner Abend.

Aber da ist noch der andere Teil von mir. Der ist mehr verletzt als mein Knöchel. Da hilft auch kein Kuscheln mit Mama. Im Gegenteil! Ich will und kann nicht mit ihr über Holger reden. Sie vertritt nämlich die unumstößliche Meinung, dass die erste Liebe immer unglücklich endet. Es klingt fast wie ein Vorwurf, dass ich mich darauf eingelassen habe. Aber hätte ich denn gleich mit der zweiten anfangen sollen?

Rausgekommen ist das ganze Ausmaß meines Unglücks durch – na, wen wohl? Walli! Ich habe sie ausgequetscht. Ja, sie hat Holger und Sabine zusammen gesehen. „Ist das ein Problem für dich?", hat sie mit scheinheiligem Augenaufschlag gefragt.

„Nee", habe ich boshaft zurückgegeben, „wir machen schon länger 'ne Nummer zu dritt. Aber behalte das bloß für dich, sonst fragen die Leute so doof."
Nach außen hin bin ich cool geblieben, Kai, aber in mir hat alles geflattert. Ich wollte es nicht glauben, nicht bevor ich es von Sabine selbst gehört hatte.

Vor der nächsten Unterrichtsstunde habe ich ihr deshalb einen Zettel in ihr Erdkundeheft geschoben. Darauf stand: Seit wann gehst du wieder mit H.? Aus den Augenwinkeln habe ich zu ihr hin geschielt. Sie hat sich nichts anmerken lassen, hat so getan, als wäre da gar kein Zettel. Das war eigentlich schon Antwort genug.

Am nächsten Morgen habe ich ihr einen neuen Zettel geschrieben und mitten auf ihren Platz gelegt. Wieder derselbe Satz. Das grenzte schon ein bisschen an Psychoterror, Kai. Ich weiß, dass ich gemein sein kann. Aber ich war so verletzt und durcheinander. Ich musste wissen, was da lief.

Das war am 8. März. Am Nachmittag hat sie mich angerufen und vorgeschlagen: „Komm zu mir. Dann reden wir. In der Schule kann ich das nicht."

Ich wollte es rasch hinter mich bringen und habe mich sofort auf mein Bike geschwungen. Die Strecke zu Sabine ist kurz. Ich kenne jede Laterne und jeden Hundepinkelbaum. Ich kenne alle unübersichtlichen Ecken. Immer bin ich heil angekommen. Aber an diesem Nachmittag hat mich ein roter Opel beim Abbiegen übersehen und umgerissen. Statt bei Sabine bin ich im Krankenhaus gelandet.

Ich weiß noch immer nicht, seit wann die beiden wieder miteinander gehen. Acht Tage sind seit meinem Unfall vergangen. Holger hat sich keinmal bei mir gemeldet. Sabine auch nicht.

Jeden Tag habe ich gewartet. Holger hat immer so getan, als könne er von mir nicht genug kriegen, als sei jede Sekunde, die wir nicht zusammen sind, eine verlorene Sekunde. Aber so tut er wohl auch bei Sabine.

Schweigen ist auch eine Antwort.

Walli dagegen überschlägt sich in ihrer Anteilnahme und hält mich auf dem Laufenden. Sie hat mir verziehen. Gibt freimütig zu, dass sie sich damals eingemischt und ziemlich blöd benommen hat. Von ihr weiß ich, dass Sabine gesagt haben soll: „Auch Tinas Unfall ändert nichts. Ich rufe sie nicht an, um ihr gute Besserung zu wünschen. Für mich ist sie gestorben." – ENDE-

Vielleicht verstehst du es nicht, aber diesmal bin ich Walli dankbar. Sie ist wie ein Sprachrohr in dieser Sprachlosigkeit zwischen Sabine und mir.

Deine Freundin Tina

Köln, 17. März

Liebe Kai,

gerade ist dein Brief gekommen. Du hast meinen von gestern wohl inzwischen auch gekriegt. Unsere Briefe kreuzen sich öfter. Aber das macht nichts.

Der Vergleich mit der Achterbahn trifft es genau. Wenn die Riesenschaukel anhält und du gerade unten hängst, fühlst du dich so wie ich jetzt. Meine Stimmungen schwanken ständig. Manchmal ist meine Traurigkeit größer, manchmal meine Wut. Es gibt Augenblicke, da möchte ich Holger anrufen und alle Schimpfwörter und Beleidigungen ins Telefon schreien, die ich kenne. Kurz darauf wünsche ich mich ganz weit weg, irgendwohin, wo niemand weiß, wer Holger und Sabine sind.

Mir geht vieles durch den Kopf, seit ich hier liege. Erst Andreas, dann Holger. Zwei Abschiede so dicht hintereinander. Das hat mich durchlässig gemacht. Ich bin zerbrechlich geworden. Nicht durch den Aufprall. Das meine ich nicht. Ich war zu leichtsinnig mit meinen Gefühlen und meinen Erwartungen. Habe einfach in den Tag hinein gelebt und hielt mich für unverwundbar.

Mein Leben verlief bisher ziemlich einfach. Ich habe meistens gekriegt, was ich wollte. Und ich wollte immer das, was die anderen auch wollten. Dieselben Klamotten, dieselben CDs, Partys, Kinofilme, alles, was gerade „in" war. Natürlich wollte ich auch einen

Freund, weil das eben jetzt so anfängt in meiner Clique und jeder darüber redet, wer mit wem geht. Aber dann ist alles ganz anders gekommen. Jetzt liege ich hier, verletzt, still, allein. Ich weiß, es ist etwas zu Ende gegangen. Eine Kinderfreundschaft, eine erste Liebe, aber es ist noch mehr, auch wenn ich es nicht benennen kann. Ich wusste nicht, dass Großwerden wehtun kann.

*Du wirst es nicht glauben, es ist mir sogar recht, dass ich nicht raus kann. Ich vermisse keinen von den Leuten, die regelmäßg im Tat*too *rumhängen oder in* Conys Corner. *Ich warte nicht wie sonst darauf, dass einer meiner Bekannten anruft und fragt: „Was läuft bei dir heute Abend? Sehen wir uns?" Der Crash hat mich nachdenklich gemacht. Das war wohl an der Zeit.*

In den vergangenen Tagen habe ich viel an meinen Bruder gedacht. Ich verstehe ihn immer besser. Manchmal wünsche ich mir, dass er schreibt: „Komm mich besuchen, Schwesterchen. Australien ist eine gute Erfahrung ..."

Andreas hat eine Karte geschrieben. Dieser wunderbare Satz stand allerdings nicht darauf. Trotzdem hoffe ich sehr, dass er findet, was er sucht – dort, am anderen Ende der Welt.

Ich denke auch über die Familien-Osterreise mit dem Wohnmobil nach. Im Augenblick weiß ich nicht, ob ich darauf überhaupt noch Bock habe. All die Jahre war das für mich selbstverständlich. Es gehörte zu Ostern wie die bunten Eier. Aber muss es denn immer dasselbe sein? Ich habe meinen Eltern schon gesagt, dass ich Holland leid bin. Papa hat nur verwundert die Augenbrauen hochgezogen und Mama meinte: „Auch das noch!"

Kai, es ist, als ob die Zeit einen Sprung hätte. Die Sache mit H. ist Vergangenheit. Aber mein Kummer darüber ist Gegenwart. Ich weiß nicht, ob ich je wieder so werde, wie ich war. Ein paar Narben werden immer bleiben.

Schreib mir von dir und Jonas. Ich bin super neugierig auf euch beide.

♡-lich

deine Tina

Leipzig, den 20. März

Hallo Tina,

dein letzter Brief war wirklich stark. Ich bewundere dich, wie du alles verkraftest und über dich nachdenkst. Ich bin froh, dass du mir wieder schreibst. Wie kindisch waren wir beide noch, als wir uns kennen lernten. Ist das wirklich erst ein dreiviertel Jahr her? Ich kann's nicht glauben. Wir haben uns beide verändert. Darüber müssen wir sprechen. Darüber und über vieles mehr.

Hör zu, Tina, was ich mir überlegt habe: Meine Oma hat diese Probleme mit ihren Augen. Sie muss ein paar Tage in die Augenklinik. Der Termin für die Operation ist zwei Tage nach Ostern. Meine Eltern möchten, dass sie anschließend noch bei uns bleibt, bis sie sich wieder ganz wohl fühlt. Aber wir haben nun mal nur diese kleinen Wohnung. Wo soll Oma schlafen? Wir haben lange hin und her überlegt. Meine Mutter rückte mit dem Vorschlag raus, die Oma in meinem Zimmerchen einzuquartieren. Ich soll ins Wohnzimmer umziehen oder im Ehebett meiner Eltern schlafen. Im zweiten Fall würde mein Vater ins Wohnzimmer umquartiert. Er bleibt gerne lange auf und schaut Fernsehen. Das kann er nicht, wenn ich da schlafen soll.

Du kannst dir sicher denken, dass mir beides nicht gefällt. Auch Oma jammert. Sie will nicht ins Krankenhaus gehen, weil dann keiner auf ihr Häuschen aufpasst und die Blumen gießt. Sie hat auch einen dicken, alten Kater, um den sie sich Sorgen macht.

Aber sie sieht so schlecht, dass sie unbedingt diese Operation machen lassen muss.

Was hältst du davon, wenn wir beide Omas Häuschen und Kater hüten? Allein wäre es mir zu langweilig, aber mit dir zusammen, fände ich das super. Wir hätten viel Platz und vierundzwanzig Stunden Zeit für uns. Jeden Tag. Keiner schickt uns ins Bett oder meckert, wenn wir dauernd Spaghetti kochen, bis Mitternacht aufbleiben und am anderen Morgen bis zwölf Uhr pennen. Ich nehme meine Kassetten und CDs mit. Wir könnten Musik hören, ins Kino gehen oder ins *Blue Light* und über alles reden. Du hättest in Gnandstein keine Eltern um dich und ich auch nicht. Tina, was hältst du davon?

Vielleicht kommen Jonas und Viola für einen Tag von Leipzig rüber. Soviel ich weiß, fahren beide in den Osterferien nicht weg. Dann lernst du sie kennen.

Denk darüber nach und gib mir schnell Bescheid! Bisher habe ich nämlich noch mit niemandem über meinen Plan gesprochen, weil ich nicht sicher bin, ob du überhaupt zu den Ossis fahren willst.

Deine Freundin Kai

Köln, 23. März

Hey Kai,

dein Einfall ist genial! Natürlich möchte ich zu dir kommen. Was soll die komische Bemerkung am Schluss deines Briefes, du bist nicht sicher, ob ich überhaupt zu den Ossis fahren will? So ein Quatsch! Ich freue mich, dich wiederzusehen und ich bin neugierig auf das Häuschen deiner Oma und ihren alten Kater. Sag deiner Oma, dass ich Katzen liebe. Wir hatten mal eine schwarzweiße. Die wurde im Alter ein bisschen komisch im Kopf, richtig wunderlich. Ich habe zwei Tage geheult, als sie gestorben ist. Wir passen gut auf alles auf.

Gnandstein ist nicht Australien, nein, aber weit genug vom Kölner Klüngel entfernt. Jetzt hoffe ich nur, dass du deine Oma überzeugen kannst und dass auch deine Eltern zustimmen. Wenn alles klappt, möchte ich in dem Zimmer mit Burgblick und Gurken schlafen und in dem Bett mit Holzwurm. Ich brauche nichts als Erholung und einen Schmusekater. Vierbeinig! Und dich.

Meine Eltern habe ich in einem günstigen Augenblick schon vorbereitet, ganz schonend und sanft, versteht sich. Zuerst haben sie ziemlich verdattert ausgesehen. Sie haben zwar grundsätzlich keine Einwände dagegen, dass ich zu dir fahren will, aber es macht sie doch traurig, dass sie nun die Ostertage allein verbringen sollen. „Unser ‚Dicker Eduard' ist viel zu groß für zwei", meinte meine Mutter. „Wir sollten ihn verkaufen."

Meine Eltern haben zögernd eingewilligt, Kai, weil sie mir nur schwer etwas abschlagen können, wenn ich es unbedingt will. (Ich wusste gar nicht, wie sehr sie an mir hängen, wo ich ihnen doch so oft auf die Nerven gehe.) Aber sie haben mich jeden Tag bei sich gehabt, seit vierzehn Jahren und nun will ich ein paar Tage zu dir. Ich habe sogar schon im Internet nach durchgehenden Zügen von Köln nach Gnandstein gesucht. Die gibt es nicht, aber von Köln nach Leipzig.

Doch das sind Einzelheiten.

Kai, jetzt hängt alles von dir und deiner Familie ab. Antworte schnell. Ruf an!

Deine Tina

Leipzig, 26. 3., Freitag Nachmittag

Hallo Tina,

den letzten Schultag habe ich heute hinter mich gebracht. Die Osterferien können beginnen! Ich will dir noch rasch schreiben, was ich dir am Telefon nicht sagen konnte. Vielleicht erreicht dich mein Brief morgen, sonst eben am Montag. Das ist auch noch früh genug.

Ich muss dir unbedingt berichten, wie das bei mir abgelaufen ist. Die ganze Familie hat mitentschieden. Es ist wirklich komisch, wenn man die Jüngste ist, und alle haben ihre Meinung darüber, ob du noch ein Kleinkind bist oder vielleicht doch schon selbständig.

Also, ich habe beim Abendessen, scheinbar ganz nebenbei, den Vorschlag gemacht, dass ich Omas Haus hüten könnte, weil ich doch Ferien habe. Dann wäre der Pinkus versorgt, die Blumen müssten nicht verwelken und Oma könnte in Ruhe ihre Augen reparieren lassen.

Zuerst breitete sich verdutztes Schweigen aus. Dann fragte meine Mutter: „Ja, würdest du dir das denn zutrauen?“ „Klar“, habe ich gesagt, „zusammen mit Tina.“

Na, da war die Katze aus dem Sack.

Wie? Was? Mit Tina? Was soll das heißen? Es war ein ähnlich verdattertes Gestammel wie vermutlich bei deinen Eltern auch. Meine Mutter, die sonst immer weiß, was sie will, sagte mehrmals hintereinander: „Ach, ich weiß nicht.“

Mein Vater hielt sich raus und sagte gar nichts dazu. Das ist so seine Art, wenn er es nicht mit meiner Mutter und auch nicht mit mir verderben will.

Da mischte sich Roland ein. „Was weißt du nicht? Blumen gießen und Pinkus füttern, wird Kati doch wohl hinkriegen. Was soll sie die Ferien über in Leipzig bleiben? Sie ist schon immer gern in Gnandstein gewesen. Lasst sie doch ausprobieren, wie sie mit ihrer Freundin dort zurechtkommt.“

„Stimmt“, sagte Bernd. „Ihr müsst euch damit abfinden, dass sie groß wird. Die entscheidende Frage ist, ob Oma damit einverstanden ist.“

Da zog mein Vater die Autoschlüssel aus der Hosentasche und schlug vor, die Sache gleich zu klären.

Überraschenderweise wollte auch Roland und dann sogar Bernd mitfahren. Das hat meiner Mutter sehr gut getan. Ich habe mich auch gefreut. All die Spannungen der vergangenen Wochen rückten endlich mal in den Hintergrund. Es war fast wie früher bei unseren Familienausflügen.

Oma kam ans Fenster, als wir vor ihrer Gartenpforte vorfuhren und nacheinander aus dem Auto quollen. Sie winkte und machte uns dann die Haustür auf.

Roland, der immer sehr direkt ist, kam ziemlich schnell zur Sache. Wir saßen inzwischen in der Wohnküche und der Kater strich uns um die Beine. Meine Oma brauchte eine Weile, bis sie überhaupt begriff, was ich wollte, was meine Mutter für Bedenken dagegen hatte und dass es hier auf ihre Entscheidung ankam. Sie sah ihren Kater an und fragte ihn: „Na, Pinkus, was meinst du denn dazu?“

Pinkus merkte, dass wir ihn alle anstarrten. Er hat auf seine Art geantwortet, ist mir auf den Schoß gesprungen und wollte gekrault werden.

Wir haben alle gelacht und die Sache war so gut wie entschieden. „Immer dasselbe mit ollen Katern“, meinte Oma philosophisch, „wenn sie ein junges Ding sehen, wollen sie von uns Alten nichts mehr wissen.“

Sie hat mich dann ein bisschen nach dir ausgefragt, woher ich dich kenne, wie alt du bist und so was. Sie fand meinen Vorschlag, dass wir beide gemeinsam ihr Haus versorgen, immer besser und meinte, nun könnte sie beruhigt in die Augenklinik gehen.

Du kannst also kommen. Ich warte schon ungeduldig auf dich. Schreib mir genau, wann dein Zug in Leipzig eintrifft. Oder ruf kurz an. Wir holen dich mit dem Auto vom Bahnhof ab.

Bitte, vergiss nicht, deine Lieblings-CDs mitzubringen. Meinen CD-Player packe ich ein. Viola und Jonas haben beide zugesagt, dass sie uns besuchen wollen. Wir haben bestimmt keine Langeweile.

Meine Mutter hat inzwischen ihre Bedenken weitgehend abgelegt. Das einzige Problem, was sie noch mit sich herumschleppt, hört sich so an: „Was esst ihr bloß?“ Ein guter Vorwand mich zum Kochen einzuspannen. Das praktiziert sie im Augenblick täglich. Ich trage es mit Fassung.

Tina, ich habe dir schrecklich viel zu erzählen. Bis bald!

♡-lichst
deine Kai

Köln, 30. März

Hallo Kai,

habe ich dir schon geschrieben oder am Telefon gesagt, dass ich vier Tage vor Ferienbeginn wieder in der Schule war? Ich glaube ja. Aber den Knüller weißt du noch nicht. Sabine sitzt nicht mehr neben mir. Sie hat das, ohne mich zu fragen, mit unserer Klassenlehrerin so ausgehandelt, als ich noch fehlte. Sie hat mit Walli den Platz getauscht. So hat Walli nun erreicht, was sie immer wollte.

Die andern in der Klasse waren sehr rücksichtsvoll zu mir, was sonst nicht unbedingt der Fall ist. Sie haben wohl mitgekriegt, dass mir viel mehr passiert ist, als nur ein Unfall. Was sie nicht wissen, werden sie sich zusammengereimt haben. Keiner hat eine hämische Bemerkung fallen lassen. Das hat mir sehr geholfen.

Aber nun zu uns beiden: Übermorgen ist Gründonnerstag. Solange ich zurückdenken kann, haben wir an diesem Tag unser Wohnmobil aus dem Winterschlaf geholt. Papa hat den Reifendruck geprüft, die Motoreinstellung kontrolliert, Öl nachgegossen und vollgetankt. Mama hat Kissen, Decken, Lebensmittel, Ostereier und die vom Vorjahr übrig gebliebenen Gulden zusammengesucht. Am Nachmittag sind wir dann immer losgefahren. Nach Holland an die Küste. Auf den Campingplatz.
In diesem Jahr wird das wieder so sein. Und ich werde mitfahren. Meine Eltern haben mich nicht dazu gedrängt. Es ist meine eigene Entscheidung. Es ist mein Ostergeschenk für sie.

Wahrscheinlich denkst du jetzt, ich weiß nicht, was ich will, ich hätte dich im Stich gelassen oder die Holländer wären mir lieber als die Ossis. Das stimmt alles nicht. Ich erwähne es nur, damit du gar nicht erst auf solche Gedanken kommst. Es ist vielmehr so, wie früher beim Mensch-ärgere-dich-nicht-Spiel. Meine Männchen sind eines nach dem andern vom Brett geflogen – Andreas, Holger, Sabine. Mein viertes Männchen steht für meine Eltern, für unser Zusammenleben. Das will ich nicht aufgeben. Ich habe gemerkt, dass die Abnabelung doch nicht so schnell geht, dass ich nicht wie mein Bruder bin.

Immer habe ich Andreas nachgeeifert. Ich wollte machen, was er macht, wollte können, was er kann, wollte groß sein wie er. Meistens habe ich beim Mensch-ärgere-dich-nicht gegen ihn verloren. Er hat gelacht und ich war gekränkt. Ich habe gedacht, wenn ich so bin wie er, gewinne ich auch.

Die Erinnerung daran ist mir gekommen, als ich untätig, meinen Knöchel schonend, auf unserer Couch lag. Und dann habe ich mich gefragt, ob ich das brauche, diese Konkurrenz zu meinem Bruder. Jetzt, wo er weit weg ist, bin ich nicht mehr die Kleine, die sich abstrampeln muss, um auch groß zu sein. Als mir das klar wurde, habe ich beschlossen, doch mit nach Holland zu fahren.

Wir kommen Ostermontag zurück. Mein Vater muss am Dienstag schon wieder arbeiten und ich setze mich in den nächsten Zug nach Leipzig. Wir haben dann noch eine volle Woche, die wir zusammen sein können. Ich freue mich wahnsinnig darauf!

Seit wir uns in den Sommerferien an einem verregneten Tag an der Müritz zum ersten Mal begegnet sind, haben wir bestimmt einen

Kilometer Papier zwischen Köln und Leipzig hin und her geschickt. Du hast mich Weihnachten besucht und jetzt besuche ich dich.

Meine besten CDs und Kassetten bringe ich mit. Ist doch klar! Weißt du, welches Lied ich mir in den Tagen, als ich so verletzt war, immer wieder angehört habe? My heart will go on. Es stand ganz oben auf der Hitliste, damals, als ich zum ersten Mal bei Holger war. Wir haben es oft zusammen gehört, fanden Céline Dions Stimme hinreißend. Jetzt hat der Song einen anderen Sinn für mich bekommen . . .

Ist es nicht seltsam, dass meine Liebe mit einem Abschiedslied anfing? Ich denke nicht darüber nach, ich weiß, that my heart will go on . . .

In fünf Tagen bin ich bei dir.

Deine Freundin Tina